Mes petites énigmes

De la 5e à la 4^{e}
12-13 ans

JEUX ET ÉNIGMES

Auteurs
Michèle Lecreux
avec
Éric Berger
Célia Gallais
Pascal Guichard
Vincent Jarneau
Clémence Roux de Luze

Illustrateur
Thierry Boulay

hachette
ÉDUCATION

Dans ce petit livre, 120 enquêtes et énigmes t'attendent pour mettre ton cerveau au défi.

Pas besoin d'être le (la) meilleur(e) en maths ou incollable en français : il te suffira d'ouvrir l'œil et de ne laisser passer aucun indice pour prouver que tu es un as de la logique !

Et maintenant, à toi d'affronter les enquêtes policières, les énigmes logiques, les rébus, les charades, et les grilles pour t'initier aux mystères du futoshiki ou de la bataille navale.

Si tu es prêt(e) pour l'aventure, tourne la page et bienvenue au pays des énigmes !

Conception de la maquette : Karine Nayé
Conception et réalisation de la couverture : Hung Ho Thanh
Illustrations de couverture : Coralie Vallageas
Mise en pages : Pascal Guichard

I.S.B.N. : 978-2-01-714809-8
www.parascolaire.hachette-education.com

Achevé d'imprimer en Mars 2022 en Roumanie par Rotolito Romania
Dépôt légal : Avril 2022 - Édition 01 - 15/2341/4

Sommaire

Enquêtes policières

Énigmes visuelles

Énigmes et quiz

Énigmes logiques

Énigmes mathématiques

Énigmes géométriques

Les balances

Trouve la masse de chacun de ces objets.

 = ...
 = ...
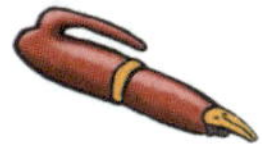 = ...

Un voleur très discret...

Tout était très calme au musée, quand, soudain le signal d'alarme se mit à retentir vers 8 h 30 mettant tout le personnel en émoi.

C'est M. Daumas, le gardien chargé de la surveillance des salles du deuxième étage, qui a tout déclenché.

Ce matin, quand il est entré dans la Grande Galerie, avant même d'avoir mis le pied dans la salle, il fut ébahi de s'apercevoir que la vitrine centrale était brisée. La vitrine centrale ! Celle qui abritait une statuette égyptienne en or décorée de rubis ! La plus belle et la plus chère de toutes les richesses du musée !

Sous le coup de l'émotion, M. Daumas est resté immobile sur le pas de la porte et a appelé le directeur du musée avec son téléphone portable.
Quelques secondes plus tard, le directeur affolé arrivait en courant, escorté d'une petite troupe composée du personnel du musée.

Jeannot, le photographe du journal local, se trouvait justement sur les lieux pour interviewer Mlle Kahn, la célèbre archéologue qui devait donner une conférence le jour même.

Jeannot, toujours malin, a suivi le mouvement et a réussi à prendre ces deux photos avant d'être chassé par les policiers.

Jeannot a pris la première photo du seuil de la Grande Galerie puis il est entré, a contourné la vitrine et a réalisé un nouveau cliché quelques secondes plus tard. On y voit bien l'effarement du directeur et de ses collaborateurs !

« Oui, on y voit bien aussi le coupable... » grommelle le commissaire en regardant les photos. Et toi, le vois-tu ?

Glucomaths

Trouve la valeur (de 0 à 9) de chaque bonbon pour que ces opérations soient justes.

Pour t'aider, un des nombres est déjà décodé.

Les chaussures

Les cousins Océane, Gabriel, Chloé, Luc et Dorian ont passé l'après-midi tous ensemble. En arrivant, ils ont enlevé leurs chaussures n'importe comment ! Mais quand c'est le moment de les retrouver, c'est une autre affaire ! Grâce à ces indices, retrouve qui est qui et à qui appartiennent les chaussures :

Océane et Luc sont les plus grands, ils ont aussi les plus grands pieds ! Chloé aime bien assortir ses chaussures à son sweatshirt. Dorian est bien embêté, il ne retrouve qu'une seule de ses baskets ! Et Gabriel, qui est malin, attend que tout le monde soit prêt pour enfiler ses tennis.

Futoshiki

Remplis cette grille pour que les chiffres 1, 2, 3, 4, 5 et 6 soient inscrits une seule fois sur chaque ligne et chaque colonne. Pour t'aider, les signes < (« plus petit que ») et > (« plus grand que ») te renseignent sur les deux chiffres contenus dans les cases voisines.

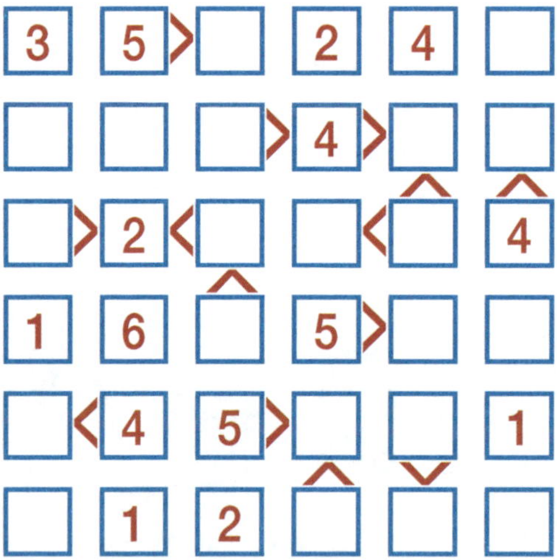

Rébus

Lis à haute voix ce que tu vois dessiné pour décoder ce rébus.

Sciences

Aide le professeur Vitalys à rejoindre son laboratoire. À chaque carrefour, quand tu rencontres une question, choisis la bonne réponse et tu seras sur le bon chemin.

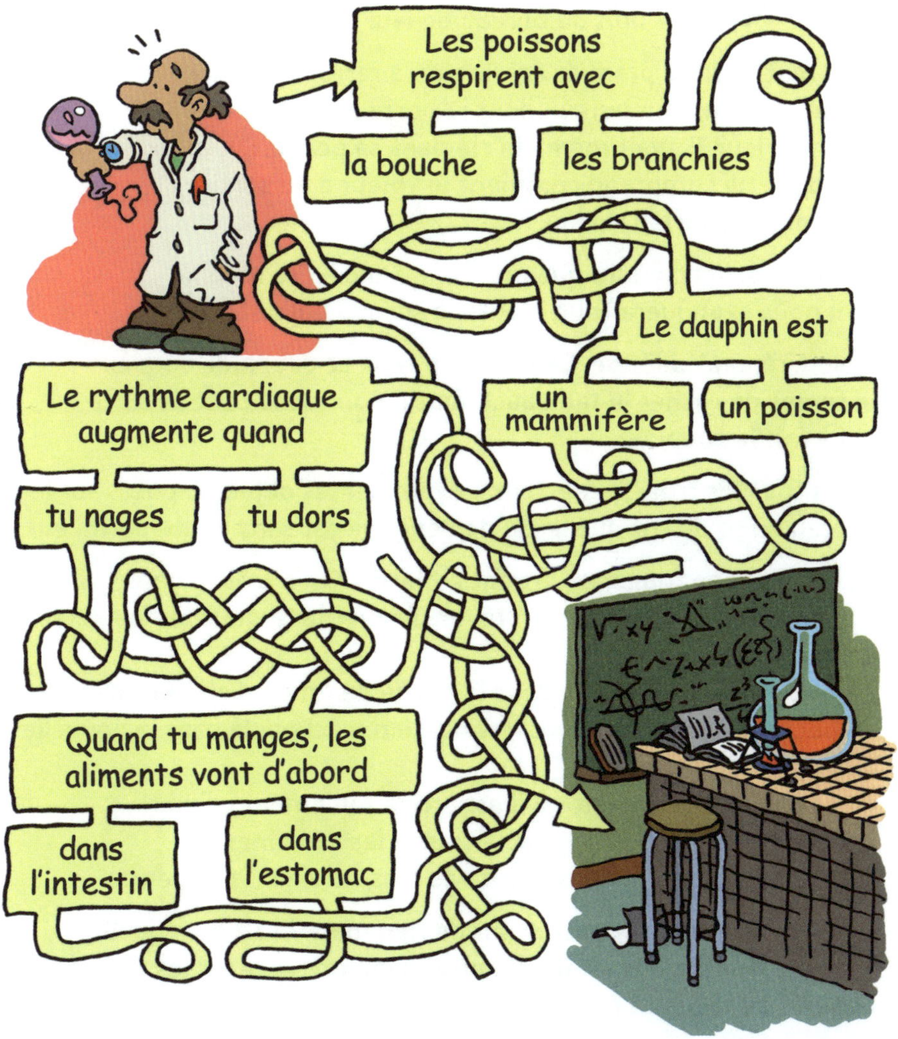

La clé de l'énigme

Les adjoints du commissaire Laloupe viennent de déposer sur son bureau tout ce qu'ils ont trouvé dans les poches des trois neveux de monsieur Lancien. Ils sont suspectés du vol d'un tableau qui a disparu cette nuit du bureau de leur oncle.

– Au matin, dit le premier adjoint, on a retrouvé le vieux monsieur assommé dans son bureau dont la porte avait été fermée de l'intérieur. Il avait même la clé dans sa poche. Du coup, personne ne comprend comment le voleur a pu sortir de la pièce avec le tableau.

– Il n'y a qu'à attendre que monsieur Lancien se réveille et il nous expliquera tout, ajoute le second adjoint.

– Non, répond Laloupe. Ce sera trop tard. Le coupable aura eu le temps de cacher le tableau. Il faut qu'on sache tout de suite qui a fait le coup.

Alors tous les trois se mettent à examiner les objets déposés sur le bureau en se disant que la clé de l'énigme est sans doute parmi eux.

– Le téléphone rouge appartient à Martin. On a trouvé dans son portefeuille la photo de son oncle avec le fameux tableau… c'est louche !
– Le porte-clés rose était dans la poche de Julien. Celui-là est très suspect car on a trouvé un chewing-gum mâchouillé dans la poubelle du bureau de son oncle…
– Le troisième neveu dit qu'il est arrivé seulement ce matin. Il vient d'ailleurs voir son oncle toutes les semaines. Des trois, c'est celui qui s'occupe le plus du vieux monsieur.

Le commissaire n'est encore sûr de rien mais il sait bien quelle sera la première question qu'il posera en interrogeant les neveux. Devines-tu laquelle ?

VITECLÉ!
VOS CLÉS EN 20MN!
TOTAL DÛ. 24,50 €
VERSÉ. 25,00 €
RENDU. 0,50 €
LE 18/05/12
CHEWING-GUM

La tête à Toto

Tu connais la formule : 0 + 0 = la tête à Toto.
Pour la dessiner, suis les indications du dessin codé.

– Sur chaque ligne et chaque colonne, les nombres t'indiquent combien de cases voisines il faut noircir.

– Les groupes de cases noircies doivent être séparés par une ou plusieurs cases blanches. Ainsi, 3-3-3 signifie que tu dois colorier trois groupes de trois cases séparés par des cases blanches.

– Note une croix dans les cases qui doivent rester blanches : cela t'aidera.

	15	5 5	3 4 3	2 1 1 2	2 4 2	1 1	1 1 1 1 1	1 3 1 1 1	1 1 1 1 1	1 1	2 4 2	2 1 1 2	3 4 3	5 5	15
15															
5 5								X							
3 3								X							
2 2								X							
2 2								X							
1 3 3 1								X							
1 1 1 1 1 1 1															
1 1 1 3 1 1 1		X		X		X				X		X		X	
1 3 1 3 1															
1 1								X							
2 3 2															
2 2								X							
3 3 3															
5 5								X							
15															

La Table ronde

Trouve les six anomalies qui se sont glissées dans cette scène du Moyen Âge.

Message codé

Commence par remplir l'échelle de décodage en inscrivant sous chaque lettre celle qui la suit dans l'alphabet. Ensuite, aide-toi de ce code pour déchiffrer le message.

A	B	C	D	E	F	G	H	I	J	K	L	M	N	O	P	Q	R	S	T	U	V	W	X	Y	Z
B	C	D																							A

K D   C H L Z M B G D,   R H   S T

Z H L D R   A H D M   L Z M F D Q   T M

N D T E   Z   K Z   B N P T D,   K Z H R R D-

K D   B T H Q D   S Q N H R   L H M T S D R

C Z M R   K' D Z T   A N T H K K Z M S D.

La commande de la fleuriste

Madame Tule, la fleuriste, est débordée ! C'est la fête des Mères et elle a complètement mélangé les commandes.
Trouve le prix du dernier bouquet et attribue le bon bouquet au bon client, pour que toutes les mamans soient satisfaites !

La maman de Caroline est comme sa fille, le jaune est sa couleur préférée. M. Libou, qui est un peu avare, a choisi le bouquet le moins cher. Capucine a payé 5 € de plus que Caroline pour avoir une jolie composition. Matthieu ne sait plus combien coûte le bouquet pour sa mamie.
La vendeuse lui dit qu'il vaut le prix du bouquet de Caroline, moins celui de M. Libou.

Labycolor

Trouve le chemin pour traverser ce labyrinthe du départ à l'arrivée en respectant la règle suivante :

tu peux passer d'une case à l'autre, même si elles ne sont pas voisines, seulement si elles sont reliées par une ligne droite et si elles contiennent le même dessin ou la même couleur de fond. Ainsi, pour commencer, tu peux aller de la case « départ » jusqu'à une case verte avec la fusée bleue.

Union Jack

Aide Peter à rejoindre son bus. À chaque carrefour, quand tu rencontres une question, choisis la bonne réponse et tu seras sur le bon chemin.

Les cousins farceurs

Elle n'est pas contente la comtesse de Lahaute ! Celle que les trois cousins appellent tante Eugénie les a convoqués dans le grand salon pour leur faire « admirer » l'état du tapis.

– Ce tapis est une œuvre d'art, jeunes gens ! Il appartient à notre famille depuis plus de cinq cents ans. Il a résisté à une révolution et à trois guerres mais pas à votre vandalisme !

Il faut dire que les énormes taches rouges qui salissent tout le tapis expliquent la colère d'Eugénie de Lahaute ! Elle se doute que l'un des cousins est responsable de cette tragédie mais elle ne comprend pas comment le vaurien s'y est pris pour commettre son forfait.
La comtesse était dans la bibliothèque avec ses trois neveux quand elle a entendu un « bang » retentissant qui l'a attirée dans le salon. En ouvrant la porte, elle a pu mesurer l'ampleur des dégâts et une enquête minutieuse lui a seulement permis de trouver, au centre de la grande tache d'encre rouge, un gros clou auquel était attaché un petit morceau de ficelle, et, tout autour, des morceaux de fin caoutchouc qui ressemblent à des débris d'un ballon de baudruche.

– Alors maintenant, chenapans, dites-moi comment vous vous y êtes pris pour déclencher cette catastrophe !
– Mais tante Eugénie, nous étions avec toi quand on a entendu l'explosion, tu ne peux pas nous soupçonner, déclare Aymeric, l'aîné des cousins.

Malgré leur alibi, la comtesse continue à soupçonner les cousins. Et toi, peux-tu deviner comment ils ont réussi leur coup ?

Message codé

Commence par remplir l'échelle de décodage en inscrivant sous chaque lettre celle qui la suit de deux rangs dans l'alphabet. Ensuite, aide-toi de ce code pour déchiffrer le message.

A	B	C	D	E	F	G	H	I	J	K	L	M	N	O	P	Q	R	S	T	U	V	W	X	Y	Z
C	D	E																							B

J C Q J M S N C Q, A' C Q R

T P Y G K C L R N P Y R G O S C, A C J Y

N C P K C R B C B C A M S T P G P B C Q

G L B G A C Q G J J G Q G Z J C Q Y

J' M C G J L S.

Anniversaires

Vanessa est quatre fois plus âgée que son fils Valentin.
À eux deux, ils ont 70 ans.
Quel âge avait Vanessa quand son fils est né ?

Les cartes de vœux

Cette année, Axel a décidé d'envoyer des cartes de vœux à ses oncles et tantes. Mais il en a tellement qu'il ne sait pas trop par qui commencer.
Du coup, il a trouvé un système pour les classer. Il écrit d'abord à sa tante Linda. Ensuite, c'est à son oncle André.
La troisième carte, c'est pour son tonton Henri.
Et la quatrième, c'est pour sa tata japonaise, Hanako.
Si tu as compris son système de classement, aide-le à trouver l'ordre des 5e et 6e cartes en piochant deux noms dans la liste de sa famille : tata Anna, tonton Vincent, tonton Rémy, tata Béatrice, tonton Manu.

Touché ! Coulé !

Cette grille représente un port où six bateaux sont ancrés. Trouve l'emplacement de chaque bateau en t'aidant des chiffres inscrits autour de la grille ; ils indiquent combien de cases sont occupées par une partie de bateau sur la ligne ou la colonne.

Les bateaux ne se touchent jamais, pas même en diagonale.

	3	3	1	2	0	5
1						
5						
1						
2						
1						
4						

Commence par colorier en bleu les cases de la colonne marquée « 0 » et celles qui entourent le canot. Ensuite, complète la dernière ligne.

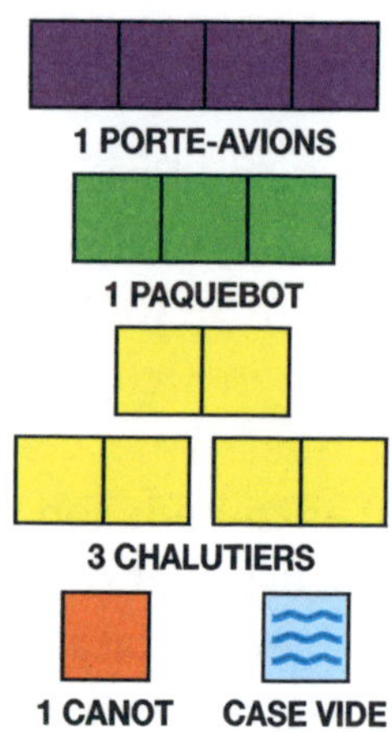

Le défi

Émile aime mettre les nerfs de son frère à rude épreuve, surtout le dimanche au petit déjeuner.
Voici donc la question qu'il lui a posée le week-end dernier :
« Imagine que je pense à un nombre, je lui enlève 10,5. J'ajoute 49 et je trouve 79. À quel nombre ai-je pensé ? »

Les instruments

Dans ce magasin de musique, les instruments sont rangés d'une façon qui ne semble pas logique, mais qui l'est pourtant ! Ils ont, par exemple, six tam-tams et sept tambours, cinq banjos et onze violoncelles, sept guitares et neuf mandolines.

Arnaud vient de commencer à travailler dans cette boutique, et lorsqu'il remarque qu'il n'y a plus de trompettes, il doit passer la commande, mais ne sait pas combien en demander au fournisseur. Tu as une petite idée ?

La vantarde

Mathilde exagère ! On dirait qu'elle veut toujours en avoir plus que les autres ! Elle ne peut pas s'empêcher de dire qu'elle a les plus beaux vêtements, le chien le plus craquant ou encore, un ordinateur dernier cri. Ses copines le savent et finissent un peu par se méfier de toutes ses vantardises.

Hier, Mathilde voulait leur faire admirer la maison de vacances que ses parents ont achetée. Elle a même dit qu'elle y était allée le week-end dernier, alors que cette maison est au Brésil !

Alors, aujourd'hui, pour ne pas passer pour une menteuse, Mathilde leur montre une photo d'elle, prise récemment, au bord d'une jolie villa avec piscine et elle montre du doigt un homme.
– Lui, c'est José, le jardinier brésilien. Il est super sympa mais il ne parle pas un mot de français ! Il passait son temps à me dire « *Gracias señorita* », je crois que cela veut dire « Merci jeune fille » en portugais. Il nous a même apporté une spécialité de son pays l'autre jour : une paëlla qui était vraiment délicieuse. Si vous avez de quoi acheter votre billet pour aller à Rio, je vous inviterai un jour.

Lucie éclate de rire et dit à Mathilde :
– Je ne te crois pas une seconde ! Tu as peut-être une belle maison avec piscine et jardinier, mais pas au Brésil ! Si tu veux toujours nous inviter, il faut que tu arrêtes de nous mentir. On pourra peut-être devenir de bonnes amies ?

Comment Lucie en est-elle arrivée à cette conclusion ?

Futoshiki

Remplis cette grille pour que les chiffres 1, 2, 3, 4, 5 et 6 soient inscrits une seule fois sur chaque ligne et chaque colonne. Pour t'aider, les signes < (« plus petit que ») et > (« plus grand que ») te renseignent sur les deux chiffres contenus dans les cases voisines.

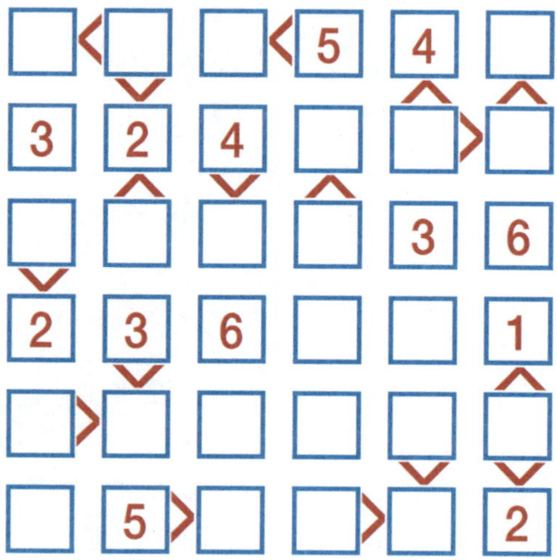

Rébus

Lis à haute voix ce que tu vois dessiné pour décoder ce rébus.

Les copies

Mme Gaultier, le professeur d'anglais, a cinq devoirs sans nom. Aide-la à rendre sa copie à chacun et à compléter les devoirs sans note en sachant que :

– Laurie a eu le résultat le plus mauvais : 5/20.
– Lili a toujours la meilleure note, c'est normal, sa maman est américaine.
– Nico pensait avoir tout raté ; pourtant, il a eu la note de Lili moins celle de Laurie, alors il est content.
– Jules a eu une note dont le total est la somme à celles de Laurie et Jérôme ; de plus, il a eu deux points de moins que Nico.
– Jérôme n'a pas eu la moyenne.

Glucomaths

Trouve la valeur (de 1 à 9) de chaque bonbon pour que ces opérations soient justes.

Pour t'aider, un des nombres est déjà décodé.

Symax

Sauras-tu remplir entièrement cette grille en respectant les règles suivantes ?
Les grosses lignes sont des axes de symétrie entre deux cases voisines qui doivent donc contenir la même couleur.
Les lignes pointillées sont des axes de symétrie entre deux blocs de neuf cases qui doivent donc contenir les mêmes couleurs disposées symétriquement.
Commence par reporter les couleurs déjà placées puis reporte ensuite celles que tu auras coloriées.

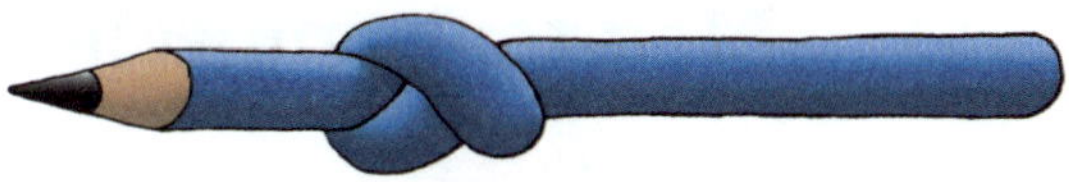

Pour commencer : reporte les cases colorées qui se trouvent près d'une grosse ligne. Par exemple, la case jaune 1 se reporte en 2 et 3. Ensuite, reporte ces trois cases jaunes (1, 2 et 3) dans les cases symétriques par rapport aux lignes pointillées (4, 5, 6 et 7, 8, 9).

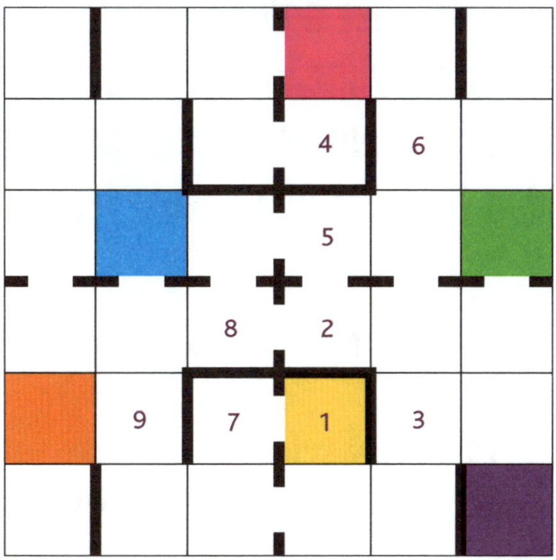

Charades

Mon premier est un animal à moustaches.
On porte de l'eau dans mon deuxième.
Mon troisième est un nombre qui porte bonheur.
Mon quatrième brille.
Mon tout est un jeu de piste.

Mon premier est une enjambée.
Mon deuxième est un rongeur.
On se tait après mon troisième.
Mon tout empêche de tomber trop vite.

Mon premier a des ailes.
Mon deuxième sert à voler.
Mon troisième est un bruit de hoquet.
Mon tout est un prénom féminin.

Mon premier est un membre de la famille.
Mon deuxième est le bruit d'un fusil.
Mon troisième signifie « parle ».
Mon quatrième est une lettre de l'alphabet.
Mon cinquième n'est pas beau.
Mon sixième indique la répétition.
Mon tout se croise en angle droit.

Le tableau

Pour mieux présenter le chef-d'œuvre de Léonard de Merci, le conservateur du musée a décidé de faire fabriquer un nouveau cadre en bois qui sera peint.
Le tableau lui-même mesure 1,20 m de large et 800 mm de hauteur.
Les quatre côtés du cadre ont une longeur identique et le périmètre extérieur du cadre est de 520 cm.

Peux-tu dire quelle est la surface de bois qu'il va falloir peindre ?

Les insectes

Pour préparer son cours, le professeur de biologie a demandé à ses élèves de capturer des insectes pour les étudier en classe. Avant de commencer, il veut s'assurer que ses élèves sont bien motivés et que tout le monde a respecté les consignes.
Chaque élève devait apporter au moins deux insectes.
Arnaud a trois coccinelles. Céline a une guêpe et une abeille.
Juliette a attrapé une sauterelle, trois fourmis et une mouche.
Matthieu, lui, se fait un peu gronder car il a apporté deux araignées :
– Voyons, lui dit le professeur, j'avais bien expliqué que les insectes ont six pattes et tu vois bien que tes araignées, en ont huit. Ce ne sont pas des insectes mais des arachnides !

Mais quand c'est le tour de Marianne et qu'elle ouvre sa boîte, elle est surprise, elle n'a qu'un seul insecte !
Elle se justifie ainsi :
– Je suis certaine d'avoir capturé deux mantes religieuses : j'en avais une grande verte et une plus petite.
J'ai vérifié avant la pause, elles étaient toutes les deux encore là.
Maintenant il ne reste que la grande. Pourtant, l'autre, la plus petite, n'a pas pu s'envoler car j'avais bien fermé mon récipient.
Elle regarde dans les moindres recoins de la salle de classe, elle inspecte les bocaux de ses camarades mais ne retrouve pas son insecte disparu. En regardant à nouveau dans son bocal, elle ne voit qu'une seule mante religieuse qui n'a pas l'air bien réveillée.

Devine ce qui s'est passé.

Glucomaths

Trouve la valeur de chaque bonbon pour que cette addition soit juste. Pour t'aider, deux chiffres sont déjà décodés.

Au souk

Trouve les sept anomalies qui ne devraient pas figurer dans ce souk du Xe siècle.

Extra-terrestre

Il voulait retourner chez lui, c'est le plus célèbre des extra-terrestres. Pour le dessiner, suis les indications du dessin codé.

– Sur chaque ligne et chaque colonne, les nombres t'indiquent combien de cases voisines il faut noircir.

– Les groupes de cases noircies doivent être séparés par une ou plusieurs cases blanches. Ainsi, 3-3-3 signifie que tu dois colorier trois groupes de trois cases séparés par des cases blanches.

– Note une croix dans les cases qui doivent rester blanches : cela t'aidera.

	0	1	1 1	4 1 3	2 1 2 2	2 3 4	6 2	2 2 2	2 3 2	5 3	4 7	13	4 3	2 6	0
8														X	
10														X	
1 1 5														■	
1 2 6														■	
7 2														X	
4 1															
1															
3 1															
1 2 3	X	■	X	■	■	X	X	X	X	X	■	■	■	X	X
1 4															
3 4															
5 2 1															
1 2 3 1															
4 1															
3 1															

Les balances

Trouve la masse de chacun de ces objets.

 = ...  = ...  = ...

Les bracelets volés

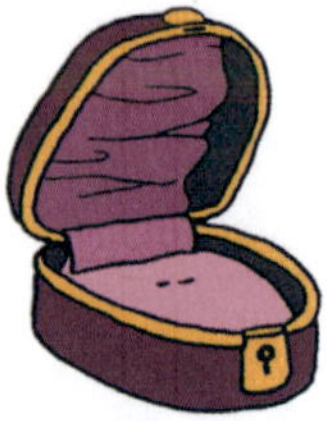

Le commissaire Milan est perplexe. Trois bracelets en diamant ont disparu. Il constate qu'il n'y a pas de traces d'effraction et interroge la vendeuse.
– Je suis partie de la boutique vers 19 h et Julie, qui fait le ménage ici, est arrivée avant mon départ. Elle a fermé à clé une heure plus tard. Charles qui s'occupe de la sécurité dans la galerie marchande n'a rien remarqué.
Elle ajoute :
– Ces bracelets sont sur une étagère si haute que pour les attraper, je dois monter sur un escabeau. Mais hier, j'ai prêté l'escabeau à la boulangère. Donc la personne qui a volé les bracelets doit mesurer au moins deux mètres ! Ce n'est sûrement pas moi, ni Julie et Charles, lui, ne mesure que 1 m 70. Je vais me mettre à croire aux fantômes, c'est certain !

Julie déclare :
– Comme d'habitude, j'ai nettoyé les étagères et passé la serpillère par terre. Comme l'escabeau n'était pas là, je n'ai pas enlevé la poussière sur les étagères du haut.

Et Charles complète :
– Lorsque je suis passé devant la boutique hier soir et cette nuit, je n'ai rien remarqué d'anormal. Je suis sûr qu'il n'y avait personne d'enfermé ici.

Alors, le commissaire déclare :
– Je ne crois pas aux fantômes, et je sais que le coupable est l'un de vous trois.

Quel indice a permis au commissaire de comprendre comment le vol a pu avoir lieu ?

Touché ! Coulé !

Cette grille représente un port où six bateaux sont ancrés. Trouve l'emplacement de chaque bateau en t'aidant des chiffres inscrits autour de la grille ; ils indiquent combien de cases sont occupées par une partie de bateau sur la ligne ou la colonne.

Les bateaux ne se touchent jamais, pas même en diagonale.

	3	1	4	1	4	1
4						
0						
3						
3						
1						
3						

Commence par colorier en bleu les cases de la ligne marquée « 0 ». Ensuite, complète la troisième colonne et la cinquième ligne.

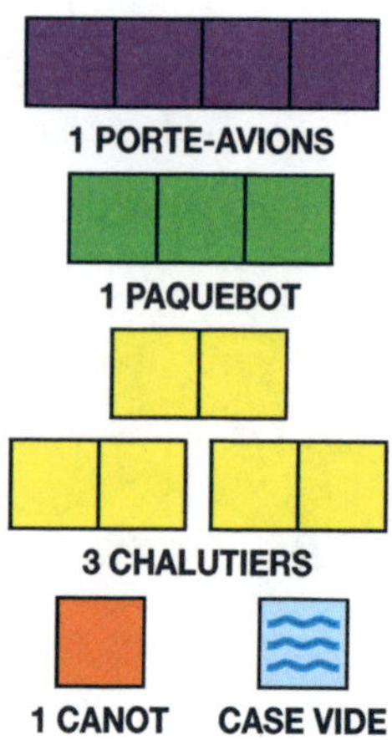

La fête

Jérémie, Mona, Cathy, Karim et Cédric ont acheté un billet de tombola à la fête du collège. Ils espèrent décrocher de beaux lots ! Trouve à qui appartient chaque billet grâce à ces renseignements :

- Le numéro du billet de Karim est quatre fois moins élevé que celui du billet de Mona.
- Le billet de Jérémie porte un numéro pair.
- Le billet de Cathy porte le plus petit numéro.
- C'est un garçon qui a choisi le billet avec le plus grand nombre.

Histo-quiz

Trouve les bonnes réponses aux questions, puis écris les lettres correspondantes dans les cases et tu liras le nom d'un homme qui dépend de son suzerain.

1. Où les musulmans vont-ils en pèlerinage ?
V – À la Mecque.
W – À Istanbul.
X – À Bagdad.

2. Comment appelait-on les terres du seigneur que les paysans exploitent ?
A – La réserve.
B – Le baillage.
C – Les banalités.

3. Quel « état » les paysans représentaient-ils ?
Q – La noblesse.
R – Le clergé.
S – Le tiers-état.

4. Où les rois de France du Moyen Âge se faisaient-ils sacrer ?
R – À Paris.
S – À Reims.
T – À Lyon.

5. Quelle ville les croisés voulaient-ils atteindre ?
A – Jérusalem.
B – Constantinople.
C – Le Caire.

6. Où vivaient les Incas ?
K – Au Mexique.
L – Au Pérou.
M – En Afrique.

Labycolor

Trouve le chemin pour traverser ce labyrinthe du départ à l'arrivée en respectant la règle suivante :

tu peux passer d'une case à l'autre, même si elles ne sont pas voisines, seulement si elles sont reliées par une ligne droite et si elles contiennent le même dessin ou la même couleur de fond.

Glucomaths

Trouve la valeur de chaque bonbon pour que cette addition soit juste. **Pour t'aider, deux chiffres sont déjà décodés.**

Symax

Sauras-tu remplir entièrement cette grille en respectant les règles suivantes ?

Les grosses lignes sont des axes de symétrie entre deux cases voisines qui doivent donc contenir la même couleur.
Les lignes pointillées sont des axes de symétrie entre deux blocs de neuf cases qui doivent donc contenir les mêmes couleurs disposées symétriquement.
Commence par reporter les couleurs déjà placées puis reporte ensuite celles que tu auras coloriées.

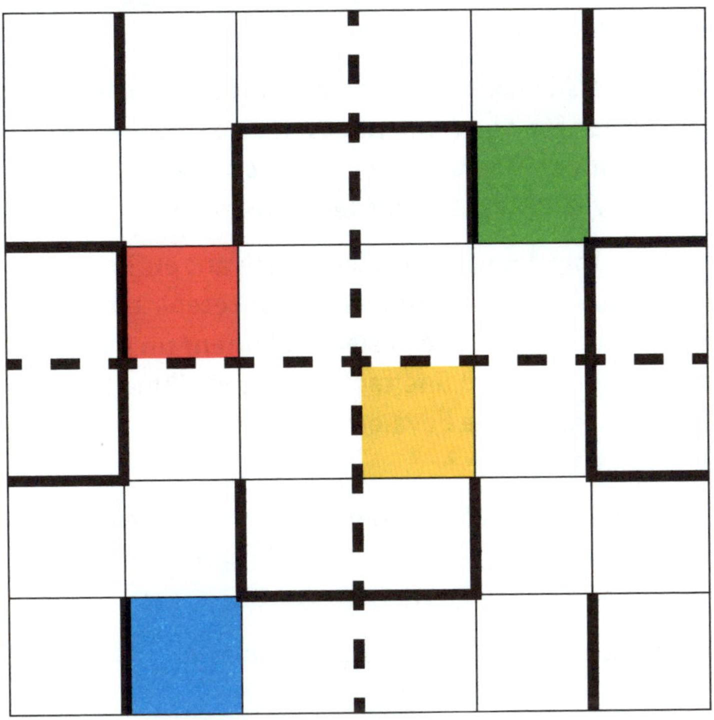

Tel est pris qui croyait prendre

Lefier était déjà en train de se frotter les mains. Deux ans qu'il préparait ce cambriolage avec Lerouge et Lejaune, et ces deux malins croyaient qu'ils allaient bien sagement se partager le butin en trois ! Après tout, qui avait passé des heures à mettre au point ce plan machiavélique et tout simplement génial qui lui permettrait de couler des jours paisibles ? Lui, pas les deux autres abrutis... Ce matin, il allait récupérer son bien et disparaître.

Son train pour Marseille était à 11 h 25. De là, il louerait une voiture, direction l'Italie, d'où il s'envolerait pour un petit tour du monde bien mérité.

En marchant vers la consigne, il ne pouvait s'empêcher de sourire en imaginant la tête que feraient ses deux ex-collègues quand ils ouvriraient la porte du casier et s'apercevraient que le sac est vide. Pffft, envolés les diamants !

Lefier avait du mal à ne pas accélérer. Arrivant enfin devant le casier 23, il fit le code et ne put retenir un cri : il n'y avait aucun sac dans le casier, seulement un message incompréhensible signé d'une tache rouge et d'une tache jaune. Lerouge et Lejaune l'avaient précédé ! Comment avaient-ils osé ?

Reprenant ses esprits, Lefier essaya de déchiffrer les mots inscrits sur le papier : « si A vaut K » et la suite : « JQ FQHJ TK RKJYD UIJ QLUS DEKI QK FQHQTYI ».

Peux-tu aider Lefier à retrouver les diamants ?

ACCES
AUX QUAIS
BILLETS
BAR
AU PARADIS
RESTAURANT
QUAIS
7-8-9

Touché ! Coulé !

Cette grille représente un port où six bateaux sont ancrés. Trouve l'emplacement de chaque bateau en t'aidant des chiffres inscrits autour de la grille ; ils indiquent combien de cases sont occupées par une partie de bateau sur la ligne ou la colonne.

Les bateaux ne se touchent jamais, pas même en diagonale.

	3	1	4	1	3	2
4						
0						
4						
1						
4						
1						

Commence par colorier en bleu les cases de la ligne marquée « 0 ». Ensuite, complète la première ligne.

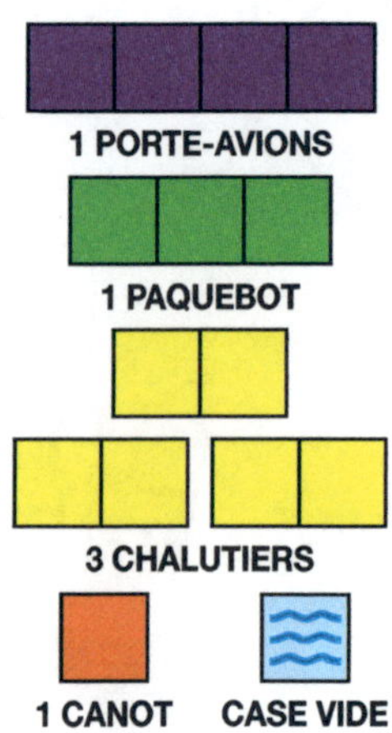

Les sportifs

À la rentrée, Aline, François, Hélène, Fabrice et Dimitri ont choisi leur activité sportive pour l'année. Devine quel va être le sport de chacun grâce à ces renseignements :

- François et Aline ont choisi un jeu à raquette.
- Fabrice n'aime pas le football.
- Les garçons n'aiment pas l'eau.
- François et Hélène ne jouent ni au foot ni au tennis.

Futoshiki

Remplis cette grille pour que les chiffres 1, 2, 3, 4, 5 et 6 soient inscrits une seule fois sur chaque ligne et chaque colonne. Pour t'aider, les signes < (« plus petit que ») et > (« plus grand que ») te renseignent sur les deux chiffres contenus dans les cases voisines.

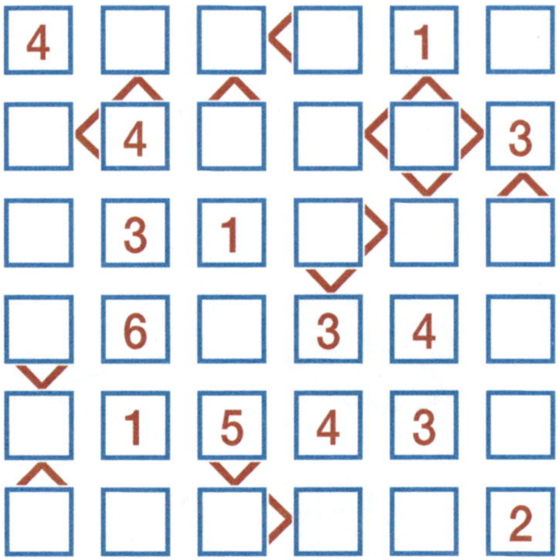

Rébus

Lis à haute voix ce que tu vois dessiné pour décoder ce rébus.

Calculette

Aide le professeur Étincel à rejoindre sa classe.
À chaque carrefour, quand tu rencontres une question, choisis la bonne réponse et tu seras sur le bon chemin.

Ciel, mes bijoux !

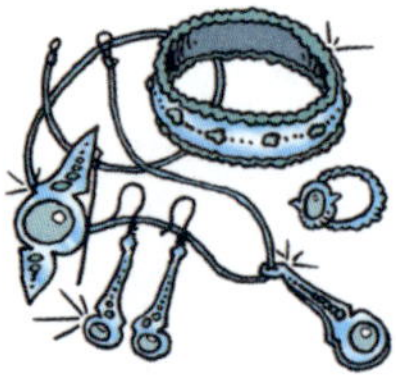

L'inspecteur Limier et son jeune stagiaire Wladimir ont été chargés d'élucider une nouvelle affaire. La bijouterie de la rue Mercier a été cambriolée la veille vers 22 h, sans que l'alarme ne se déclenche.

Limier lit le journal du jour pendant que Wladimir, bien décidé à prouver qu'il a l'étoffe d'un vrai détective, analyse scrupuleusement les photos du dossier et passe en revue les témoignages des trois employés de la bijouterie.
La gérante de la bijouterie affirme avoir quitté les lieux la première à 18 h 30 précises car elle avait rendez-vous chez le médecin à 19 h 30, à l'autre bout de la ville. Le soir, elle dit avoir dîné chez elle en compagnie de son mari et de sa fille. Elle n'a aucun soupçon sur son personnel.
Le diamantaire, deuxième suspect, dit avoir passé la soirée au restaurant *Le Lampion* pour fêter l'anniversaire de son frère…
– Quant au vendeur, il me paraît plus suspect, réfléchit tout haut Wladimir. Il dit être parti à 19 h 15, avoir oublié de mettre l'alarme en marche et être revenu vers 20 h 30 pour réparer son erreur.

L'inspecteur referme alors son journal, le pose sur son bureau, se dirige vers la fenêtre pour respirer et affirme d'un ton catégorique :
– Allez, je t'offre un café, l'enquête est terminée, je sais qui a fait le coup !

Quel indice, qui a échappé à Wladimir, l'inspecteur a-t-il trouvé ?

RESTAURAN
Le Lampion
OUVERT TOUS LES JOURS SAUF LUNDI
L'AUBE
MARDI 10 AVRIL 2012

Les balances

Trouve la masse de chacun de ces objets.

 = ...  = ...  = ...

Au château

Dans cet ancien château en construction, trouve les sept anomalies qui ne devraient pas figurer dans cette scène du XVIIIe siècle.

Cache noisettes

Pour faire apparaître la silhouette d'un petit animal qui adore les noisettes, suis les indications du dessin codé.

– Sur chaque ligne et chaque colonne, les nombres t'indiquent combien de cases voisines il faut noircir.

– Les groupes de cases noircies doivent être séparés par une ou plusieurs cases blanches. Ainsi, 3-3-3 signifie que tu dois colorier trois groupes de trois cases séparés par des cases blanches.

– Note une croix dans les cases qui doivent rester blanches : cela t'aidera.

	4 3	5 5	4 7	14	8 2	6 6	4 7	8	8	5 1	4 1	1 1 3	5 5	1 5	11
4															X
6															X
7 1 1															
7 1 1															
2 4 4															
4 1 1															
4 4															
4 2 2															
4 5 2															
4 10															
4 10															
3 8 1															
8 1 1															
6 1															X
6	X	X	X	X	X	■	■	■	■	■	■	X	X	X	X

Au cirque

Stéphane passe l'après-midi au cirque avec son oncle. Le spectacle commence à 14 h 30 et se termine à 16 h 50. Aux 2/3 du spectacle, le dompteur de lions annonce un entracte de 20 minutes.

À quelle heure commence la dernière partie du spectacle ?

Le classement magique !

Étienne classe ses albums de bandes dessinées dès qu'il les a lus. Pour sa collection de « Formule Cape », il a classé ses albums comme cela : *Facile, la vie de magicien ! – Oscar apprend à voler – Raté, les tours ne valent pas le détour ! – Mystère et mallette – Une plume de hibou – La lévitation, ça a du bon ! – Ensorcelle-moi ! – Chapeau, le chaudron !*

Il lui reste trois albums ; dans quel ordre va-t-il les mettre ?

Passe-passe ou ça casse ! – Abracadabra, sors-moi de là ! – Expert en potions

Au marché

Anatole revient du marché. Sa maman lui a donné un billet de 5 euros. Mais il est un peu déçu car il a acheté 2 kilos de bananes pour 3,50 euros et n'a pas pu rapporter 3 kilos de bananes comme sa mère le lui avait demandé. Pourquoi ?

La reine du jogging

Elsie a décidé de se mettre au jogging. Pour apprendre en douceur, elle suit un entraînement spécial. Elle a d'abord commencé par 6 minutes de marche rapide et 1 minute d'endurance. La fois suivante, elle a marché pendant 6 minutes et couru pendant 3 minutes. Celle d'après, c'était 5 minutes de marche pour 5 minutes de course. Et quand elle a remis ses baskets, cette fois, c'était pour marcher pendant 5 minutes et courir pendant 7 minutes. Si tu as compris son programme d'entraînement, quelle est la suite logique de son jogging ?

4 minutes de marche et 9 minutes de course
5 minutes de marche et 4 minutes de course
3 minutes de cours et 10 minutes de course

Les cartons

Pour la kermesse de fin d'année, les élèves de 5e B vont jouer une pièce de théâtre dont l'action se situe au Moyen Âge, dans un château fort.
Le décor sera constitué de cartons empilés comme sur ce dessin. Comme les spectateurs ne verront qu'un côté de l'empilement, le metteur en scène a prévu que seules les faces visibles des cartons seront peintes.

Sachant que les cartons sont des cubes dont les arêtes mesurent 90 cm, quelle surface devra être peinte ?

Les pirates

Johnny Patte-en-bois a la réputation de ne pas être commode ! Ses colères sont célèbres dans tous les ports de l'île de la Tortue !

Mais Johnny Patte-en-bois a un gros défaut : il est tellement sûr de lui qu'il manque parfois un peu de prudence. Par exemple, aujourd'hui, il a laissé sur la plage un coffre qui contenait sa part du butin.

Johnny voulait enterrer ce coffre et il est parti vers la forêt pour y chercher un coin tranquille. Oh, le coffre n'est pas resté sans surveillance très longtemps mais, voilà, quand Johnny revient, il le retrouve vide.

Johnny réfléchit. « Voyons, se dit-il, les empreintes que je vois là, sur le sable, devraient m'en apprendre beaucoup sur ce qui s'est passé ici. On voit mes empreintes quand je suis revenu de la forêt, c'est normal. On voit des traces qui viennent de l'auberge et qui y repartent... Mmmm...
cela signifie que quelqu'un est venu près de mon coffre.

Les autres empreintes partent du bord de l'eau et y retournent, sans doute un marin qui est venu du bateau en chaloupe et y est reparti.
Les deux visiteurs ont fait le tour du coffre, ça je le vois bien. Et l'un d'eux est reparti avec ma part du butin. Le voleur est forcément l'un d'eux mais comment savoir lequel ? »

Seras-tu plus astucieux que Johnny Patte-en-bois en trouvant ce que les empreintes révèlent ?

Glucomaths

Trouve la valeur (de 0 à 9) de chaque bonbon pour que ces opérations soient justes.

Pour t'aider, un des nombres est déjà décodé.

Labycolor

Trouve le chemin pour traverser ce labyrinthe du départ à l'arrivée en respectant la règle suivante :

tu peux passer d'une case à l'autre, même si elles ne sont pas voisines, seulement si elles sont reliées par une ligne droite et si elles contiennent le même dessin ou la même couleur de fond.

ARRIVÉE

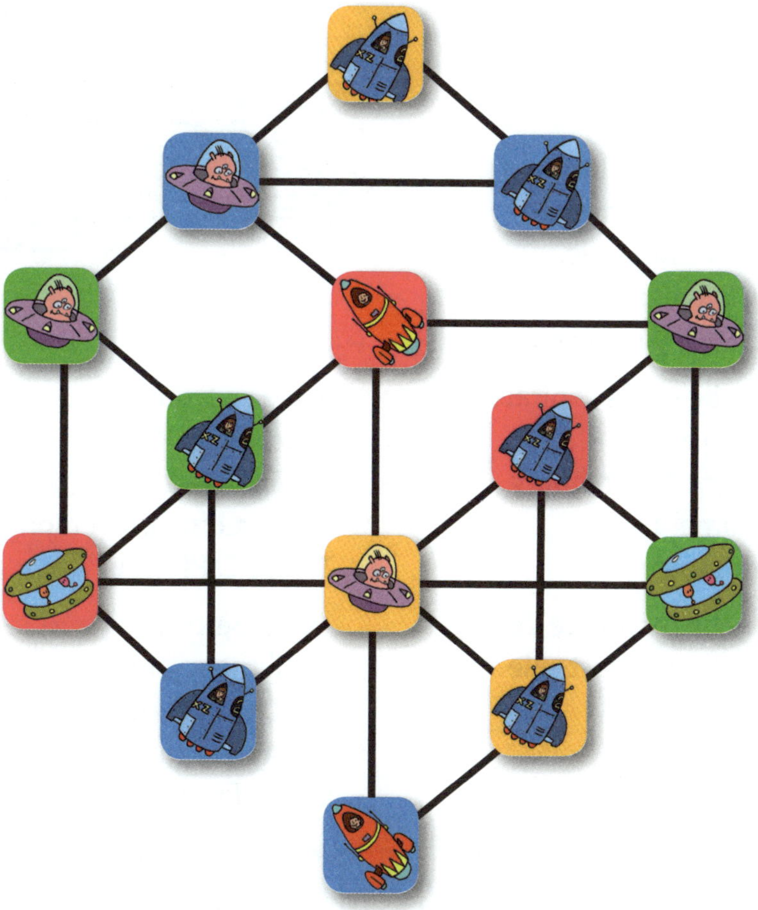

DÉPART

Géo-quiz

Trouve les bonnes réponses aux questions, puis écris les lettres correspondantes dans les cases et tu liras le nom d'un pays.

1. Sur quel continent l'espérance de vie est-elle la plus faible ?

R – L'Australie.

S – L'Afrique.

T – L'Europe.

2. Quel est la plus haute montagne du monde

T – Le mont Blanc.

U – L'Everest.

V – Le Machu Picchu.

3. Quelle est la capitale de la Russie ?

G – Saint-Pétersbourg.

H – Samara.

I – Moscou.

4. Quelle ressource l'énergie nucléaire utilise-t-elle ?

S – L'uranium.

T – Le pétrole.

U – L'hydrogène.

5. Où se trouve le désert de Gobi ?

R – En Argentine.

S – En Chine et en Mongolie.

T – En Californie.

6. Où se trouve le Kilimandjaro ?

C – Dans l'Himalaya.

D – Au Japon.

E – En Tanzanie.

À la gare

C'est les vacances ! Christian, Élise, Camille, Julien et Valentine se retrouvent à la gare. Devine où chacun a décidé de partir en France et qui part avec qui (certains préfèrent partir seuls) grâce à ces renseignements :

– Ni Valentine ni Christian ne vont à La Baule.

– Ni Camille ni Valentine ne vont à Perpignan.

– Julien et Christian partent ensemble.

– Valentine voyage seule.

Gare au pique-assiette !

William, le chef du restaurant *À la bonne étoile*, a découvert que le stock de nourriture du restaurant diminuait de manière inexpliquée. Quand il fait la différence entre le nombre de repas servis et ce qu'il reste dans les réserves du restaurant, il manque irrémédiablement des vivres.
La semaine dernière, deux poulets, du foie gras et des morilles lui faisaient défaut.
Ce lundi-là, en faisant ses comptes avant d'aller au marché, le chef constate qu'il ne lui reste plus un seul morceau de fromage… Très étrange… Il restait pourtant encore hier midi de quoi assurer une dizaine de raclettes. Il décide d'interroger l'équipe du restaurant.
Jérémy s'occupe de la salle. C'est lui qui dresse les tables, assure la décoration de la pièce et l'ambiance du restaurant en choisissant les nappes, les plantes, les lumières…
« Tu sais, moi, ce qui se passe en cuisine, cela ne m'intéresse pas ! » a-t-il répondu au chef quand ce dernier lui a fait part de ses malheurs.
Noémie, son aide en cuisine, a été tout aussi étonnée.
« Demande à la directrice du restaurant… Elle récupère peut-être la nourriture quand elle reçoit ses amis ou sa famille chez elle… » a-t-elle suggéré.
Quant à Marc et Vincent, les deux serveurs du restaurant, ils ont expliqué à William qu'il était très fort pour le tournedos Rossini mais beaucoup moins bon en maths.

Et toi, que penses-tu de tout ça ?

SORTIE

Message codé

Commence par remplir l'échelle de décodage en inscrivant sous chaque lettre celle qui la précède de deux rangs dans l'alphabet. Ensuite, aide-toi de ce code pour déchiffrer le message.

A	B	C	D	E	F	G	H	I	J	K	L	M	N	O	P	Q	R	S	T	U	V	W	X	Y	Z
Y	Z	A																							X

N C N G X K V C V K Q P E' G U V W P G

DQPPG KNNWUKQP. FQOOCIG

SWG NGU OCIKEKGPU PG

FGXQKNGPV RCU NGWTU

UGETGVU FG OCPKRWNCVKQP!

Photos du Mexique

Arthur a passé des vacances vraiment géniales au Mexique ! En regardant ses photos, il en choisit une dizaine pour les mettre dans un petit album.
En premier, il a mis une photo d'Acapulco, ensuite d'un bus coloré, après c'est un cactus géant, ensuite le désert au petit matin, puis des *enchilladas* super-bonnes, la fête des morts et enfin, Guadalajara, la deuxième plus grande ville du pays.

Que mettra-t-il en 8e et 9e photos ? Le hamac où dormait tout le temps son cousin ? La plage de Los Cabos ? Itzé, et sa superbe pyramide maya ? Le bandit qui sortait d'une banque ?

Shopping

Pascal veut acheter un jean à 42 euros et une paire de boots noires à 85 euros. Quand il arrive dans la boutique, il est tout content car les jeans sont soldés à – 15 % et les boots à – 20 %.

Sur 130 euros, combien le vendeur doit-il lui rendre de monnaie ?

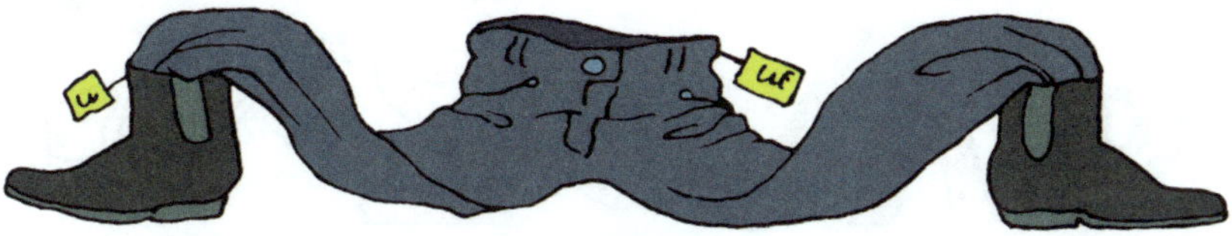

Futoshiki

Remplis cette grille pour que les chiffres 1, 2, 3, 4, 5 et 6 soient inscrits une seule fois sur chaque ligne et chaque colonne. Pour t'aider, les signes < (« plus petit que ») et > (« plus grand que ») te renseignent sur les deux chiffres contenus dans les cases voisines.

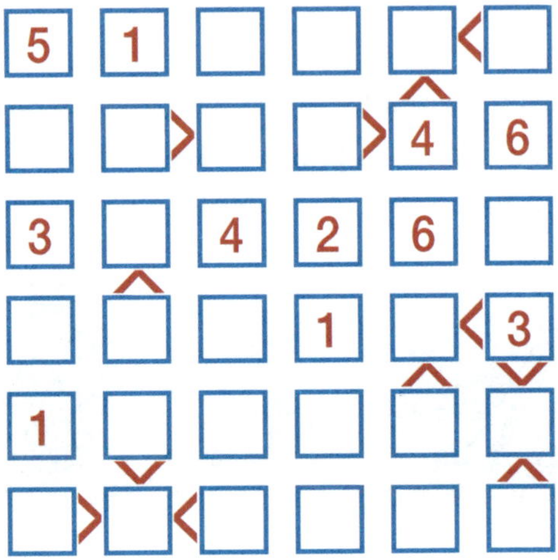

Rébus

Lis à haute voix ce que tu vois dessiné pour décoder ce rébus.

Histoire

Aide cette touriste à rejoindre le château fort.
À chaque carrefour, quand tu rencontres une question, choisis la bonne réponse et tu seras sur le bon chemin.

Dico-quiz

Trouve les bonnes réponses aux questions, puis écris les lettres correspondantes dans les cases et tu liras le synonyme de « prisonnier ».

1. De quelle langue ancienne, le français est-il issu ?

B – Du grec.
C – Du latin.
D – Du gaulois.

2. Comment appelle-t-on une personne qui parle trois langues ?

Z – Une personne bilingue.
A – Une personne trilingue.
B – Une personne terlingue.

3. Quel est le synonyme de « périlleux » ?

M – Peureux.
O – Pénible.
P – Dangereux.

4. Que signifie l'expression « s'entendre comme chien et chat » ?

T – Ne pas s'entendre.
U – S'entendre à merveille.
V – S'aimer.

5. Comment appelle-t-on une pièce de théâtre qui fait rire ?

H – Une tragédie.
I – Une comédie.
J – Une trilogie.

6. De quel roi Jean de La Fontaine était-il contemporain ?

E – Henri IV.
F – Louis XIV.
G – François Ier.

Symax

Sauras-tu remplir entièrement cette grille en respectant les règles suivantes ?

Les grosses lignes sont des axes de symétrie entre deux cases voisines qui doivent donc contenir la même couleur.
Les lignes pointillées sont des axes de symétrie entre deux blocs de neuf cases qui doivent donc contenir les mêmes couleurs disposées symétriquement.
Commence par reporter les couleurs déjà placées puis reporte ensuite celles que tu auras coloriées.

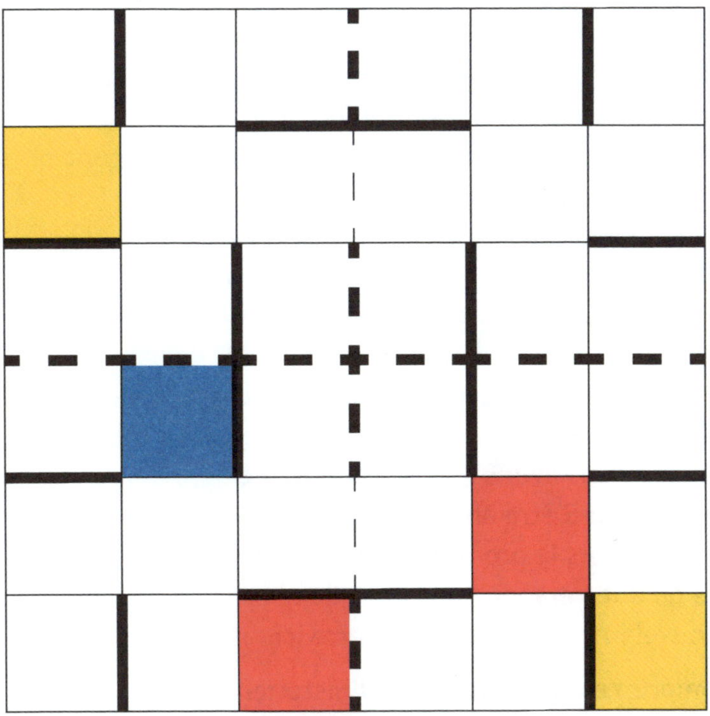

Un trésor antique

Le promoteur immobilier est fou furieux !
Le chantier sur lequel il travaille depuis plusieurs semaines doit être immédiatement arrêté.
Un des ouvriers a découvert un coffre très ancien enfoui dans la terre. Heureusement, le bulldozer l'a évité de justesse !

En l'ouvrant, l'ouvrier est tombé sur un véritable trésor : des statuettes, des colliers, de nombreuses pièces en or...
Très impressionnant ! Le maire de la ville a aussitôt décidé l'arrêt des travaux et attend fébrilement une équipe de chercheurs et d'archéologues.

En entendant cette nouvelle, les journalistes se sont précipités sur les lieux et c'est à qui aura la meilleure image du trésor.
Les spéculations vont bon train. Un reporter gratte la terre qui recouvre l'une des pièces et annonce victorieusement :
– Ce trésor date de l'époque gallo-romaine.
Regardez ces pièces, on y voit clairement le visage de l'empereur Jules César avec sa couronne de lauriers !
Les photographes s'empressent d'immortaliser ce vestige du passé. Enfin, les spécialistes arrivent sur les lieux.
En se penchant sur la découverte, un historien éclate de rire.
Tous les yeux interrogateurs se tournent alors vers lui.
– Je crois que nous avons été victimes d'une bonne farce.
Ce trésor est loin d'être antique, s'amuse-t-il.
Et se tournant vers le promoteur immobilier, il lui annonce :
– Je crois qu'une personne dans la ville n'a pas très envie qu'un nouvel immeuble sorte de terre ici.

As-tu compris ce qui a fait douter l'historien ?

52 AV-J.-C.

Ouistiti

Pour faire apparaître un petit singe acrobate, accroché à sa branche, suis les indications du dessin codé.

– Sur chaque ligne et chaque colonne, les nombres t'indiquent combien de cases voisines il faut noircir.

– Les groupes de cases noircies doivent être séparés par une ou plusieurs cases blanches. Ainsi, 3-3-3 signifie que tu dois colorier trois groupes de trois cases séparés par des cases blanches.

– Note une croix dans les cases qui doivent rester blanches : cela t'aidera.

	1	1	1 2	1 1	1 1 3	1 3 1 2	1 1 2 1	2 11	3 1 4 1 1	10	1 1 1	1 1 2	1 3	1 1	1 2
3															
15															
2															
1															
4															
2 1 2															
5															
5															
3															
9															
1 1 1															
4 1 4															
1 1 2 1 1	X	X	■	X	X	■	X	■	■	X	X	■	X	X	■
1															
2															

Les balances

Trouve la masse de chacun de ces objets.

 = ...

 = ...

 = ...

Glucomaths

Trouve la valeur (de 0 à 9) de chaque bonbon pour que ces opérations soient justes.

Pour t'aider, un des nombres est déjà décodé.

Le patchwork

Anita est une championne de patchwork mais, là, elle hésite.

Elle veut que deux morceaux de tissu voisins ne soient jamais de la même couleur.

Peux-tu lui faire une proposition en finissant de colorier son dessin avec seulement quatre couleurs : rouge, bleu, vert et jaune ?

Au bureau

Ce matin, en arrivant au bureau, Maxime est tout énervé. Cette journée promet d'être extrêmement importante pour lui. Son chef est en vacances et voilà que le jeune homme s'est retrouvé chargé d'un dossier très important. Une occasion en or de se faire remarquer et, qui sait, d'obtenir une promotion.

Mais, à peine arrivé à son poste, Maxime est perplexe. Il ne retrouve plus le dossier Durand Immobilier sur lequel il travaille depuis une semaine. Il faut absolument qu'il le récupère car il a rendez-vous à 16 h cet après-midi avec le directeur, M. Valentin, et ce dernier n'a pas beaucoup d'humour. Il est certain d'avoir posé hier soir ce document sur sa pile de rapports. Pourtant, ses collègues affirment qu'ils ne l'ont pas vu.
– Je suis parti le premier à 17 h hier soir et, ce matin, j'étais à la salle de gym jusqu'à 10 h. Peut-être que la femme de ménage a voulu faire un peu de place sur ton bureau, s'amuse Tony.

– Je n'ai pas eu le temps de passer par le bureau ce matin. Je suis allée directement en réunion avec monsieur Firmin à 8 h 30 dans le bâtiment C. Ouf, c'était un peu la course, dit Ana en se levant avec des dossiers dans les mains.

– Je n'ai pas quitté mon ordinateur avant 21 h hier soir pour boucler le dossier Limone et, ce matin, je suis arrivé à 8 h, explique Henri. Je dois la voir tout à l'heure, j'espère qu'elle sera de bonne humeur… Elle me fait toujours un peu peur avec son air revêche.

Maxime a soudain de gros doutes sur ce que lui racontent ses collègues. Il sent bien que l'un des trois ment, mais lequel ?

Planning
Rendez-vous
Mr Firmin - 11h00
Mr Limone - 14h00
Mr Valentin - 16h00

Anglo-quiz

Trouve les bonnes réponses aux questions, puis écris les lettres correspondantes dans les cases et tu liras en anglais le nom d'un objet utile à l'école.

1. Quel est le nom du drapeau anglais ?
O – *Stars and Stripes*.
P – *Union Jack*.
Q – *Union Flag*.

2. Quel pays ne fait pas partie de la Grande-Bretagne ?
D – L'Angleterre.
E – La république d'Irlande.
F – Le Pays de Galles.

3. Que signifie *I am fortunate* ?
M – Je suis riche.
N – J'ai de la chance.
O – Je suis courageux.

4. Quelle phrase est correcte ?
C – *John is as tall as Paul*.
D – *John is as taller than Paul*.
E – *John is taller as Paul*.

5. Quelle ville n'est pas en Australie ?
G – Canberra.
H – Adélaïde.
I – Québec

6. Qui est le chef de l'État en Grande-Bretagne ?
L – La Reine.
M – Le premier Ministre.
N – Le ministre des Affaires étrangères.

Poker

Olivia, Sophie, Philippe, Alexis et Ana se retrouvent tous les samedis après-midi pour jouer aux cartes.
Rends à chaque joueur son jeu grâce à ces renseignements :

– Sophie et Philippe ont du pique dans leur jeu.
– Alexis et Ana ont chacun un six rouge.
– Ana et Philippe n'ont pas de roi dans leur jeu.

Touché ! Coulé !

Cette grille représente un port où six bateaux sont ancrés. Trouve l'emplacement de chaque bateau en t'aidant des chiffres inscrits autour de la grille ; ils indiquent combien de cases sont occupées par une partie de bateau sur la ligne ou la colonne.

Les bateaux ne se touchent jamais, pas même en diagonale.

	1	4	1	3	2	3
3						
1						
3						
3						
0						
4						

Commence par colorier en bleu les cases de la ligne marquée « 0 ». Ensuite, complète la quatrième colonne.

1 PORTE-AVIONS

1 PAQUEBOT

3 CHALUTIERS

1 CANOT

CASE VIDE

En mer

Trouve les six anomalies qui se sont glissées sur le bateau de Christophe Colomb.

Charades

Mon premier connaît bien son métier.
Mon deuxième accueille les bateaux.
Mon troisième est une note de musique.
Mon quatrième est élevé.
Mon cinquième est un mot d'enfant.
On dort sur mon sixième.
Mon septième est une boisson chaude.
Mon tout est une notion mathématique.

**Mon premier est appris.
Mon deuxième n'est pas impair.
Mon troisième est un homme en anglais.
Mon tout est un superhéros.**

**Mon premier est l'un des cinq sens.
Mon deuxième est une couleur.
Mon troisième se fait avec une corde.
Mon quatrième ne dit pas la vérité.
Mon tout dirige un pays.**

Mon premier est une matière à l'école.
Mon deuxième se respire.
Mon troisième vient à la vie.
Mon quatrième est un article.
Mon tout est la petite école.

Symax

Sauras-tu remplir entièrement cette grille en respectant les règles suivantes ?

Les grosses lignes sont des axes de symétrie entre deux cases voisines qui doivent donc contenir la même couleur.
Les lignes pointillées sont des axes de symétrie entre deux blocs de cases qui doivent donc contenir les mêmes couleurs disposées symétriquement.
Commence par reporter les couleurs déjà placées puis reporte ensuite celles que tu auras coloriées.

Les suspects

M. Lambert est tout bouleversé ! Son pavillon a été cambriolé. Quand il est revenu des courses, il a garé sa voiture tranquillement dans le jardin puis il a ouvert sa porte avant de s'apercevoir qu'une vitre de la cuisine était cassée et que son chien, d'habitude si vif, dormait sur le tapis car il avait été drogué. Il a porté plainte au commissariat et les forces de l'ordre ont très vite arrêté quatre personnes.
Placé derrière une glace sans tain pour que les suspects ne puissent pas le voir, M. Lambert réfléchit.
– Ce n'est pas facile d'être affirmatif, monsieur l'inspecteur. Voyez-vous, le cambrioleur s'est introduit chez moi pendant que j'étais parti faire les courses et, quand je suis arrivé, je l'ai vu s'enfuir. Mais il était de dos à ce moment-là, alors comment voulez-vous que je le reconnaisse ?
– Même si vous ne pouvez pas reconnaître son visage, peut-être que son allure générale pourrait vous être familière, insiste l'inspecteur.
– Mmmm, marmonne M. Lambert, c'est que je n'ai pas une très bonne vue, moi ! Ah, si seulement ce gredin n'avait pas drogué mon chien pour qu'il s'endorme, mon Titou, lui, l'aurait reconnu !

– J'avais oublié Titou ! s'exclame l'inspecteur. Mais bien sûr, cette brave bête devrait pouvoir nous aider !

– Je ne vois pas comment, monsieur l'inspecteur. Titou dormait quand je suis entré dans la maison. Pourtant, d'habitude, il n'est pas si confiant et, quand quelqu'un qu'il ne connaît pas entre chez nous, il grogne et, même, il arrive qu'il attaque les intrus !

Comment Titou pourrait-il aider l'enquête à progresser ?

Glucomaths

Trouve la valeur de chaque bonbon pour que cette addition soit juste. Pour t'aider, un chiffre est déjà décodé.

Tour du monde

Aide cet explorateur à rejoindre son avion. À chaque carrefour, quand tu rencontres une question, choisis la bonne réponse et tu seras sur le bon chemin.

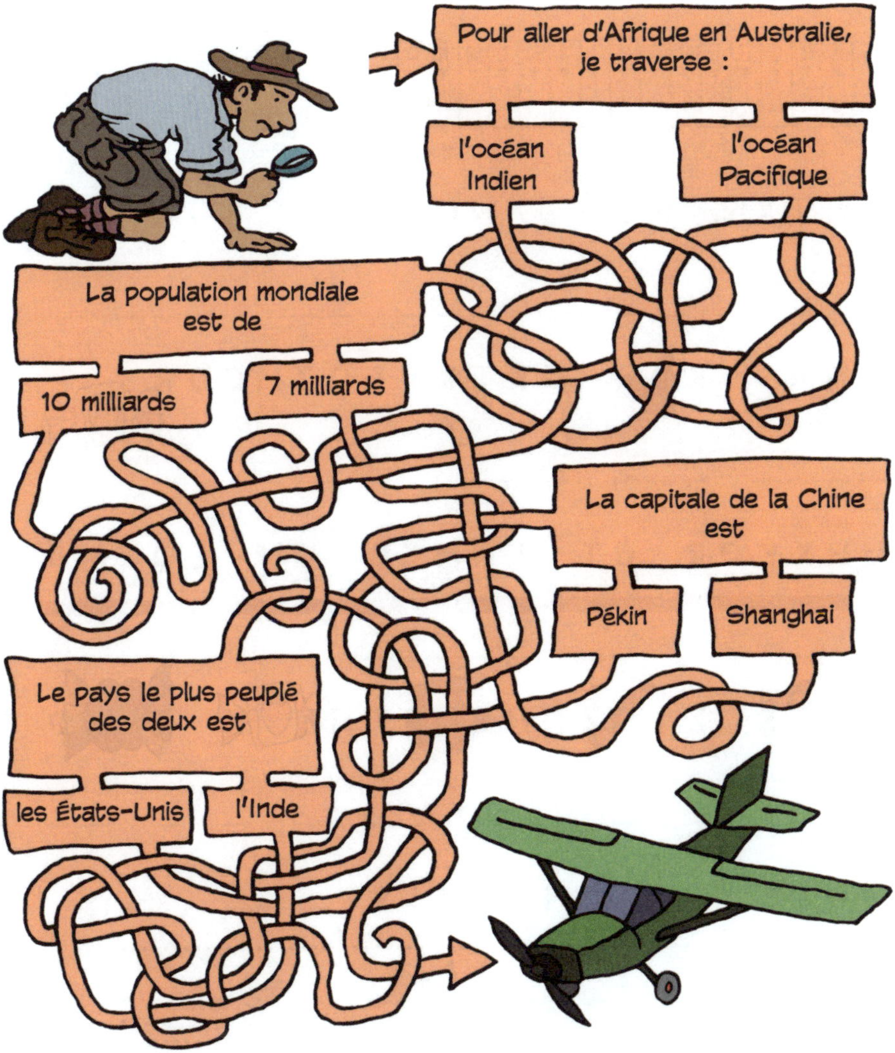

Message codé

Commence par remplir l'échelle de décodage en inscrivant sous chaque lettre celle qui la suit dans l'alphabet.
Ensuite, aide-toi de ce code pour déchiffrer le message.

A	B	C	D	E	F	G	H	I	J	K	L	M	N	O	P	Q	R	S	T	U	V	W	X	Y	Z
B	C	D																							A

S N J X N, M D V X N Q J D S L D W H B N

_ _ _ _ _ _ _ _ _ _ _ _ _ _ _ _ _ _ _ _

R N M S K D R O K T R F Q Z M C D R

_ _ _ _ _ _ _ _ _ _ _ _ _ _ _ _ _ _

U H K K D R C T L N M C D. D M E Q Z M B D,

_ _

B'D R S Z O Z Q H R P T'H K X Z K D

_ _ _ _ _ _ _ _ _ _ _ _ _ _ _ _ _ _

O K T R C'G Z A H S Z M S R.

_ _ _ _ _ _ _ _ _ _ _ _ _ _

Futoshiki

Remplis cette grille pour que les chiffres 1, 2, 3, 4, 5 et 6 soient inscrits une seule fois sur chaque ligne et chaque colonne. Pour t'aider, les signes < (« plus petit que ») et > (« plus grand que ») te renseignent sur les deux chiffres contenus dans les cases voisines.

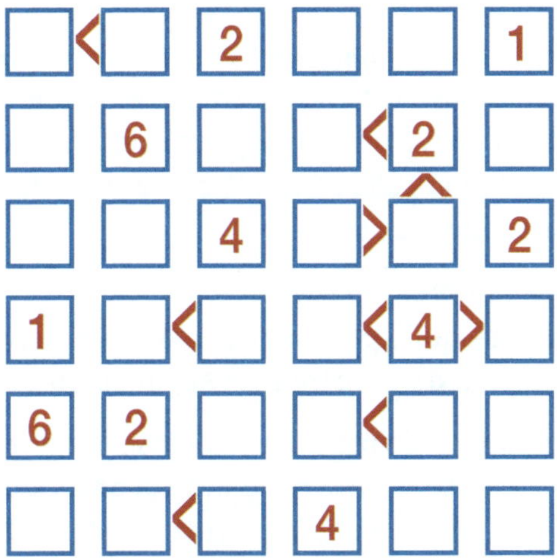

Rébus

Lis à haute voix ce que tu vois dessiné pour décoder ce rébus.

Panique au cirque !

Le directeur du cirque Bullione est dans tous ses états. Le trapéziste Siméone a été attaqué par un lion qui lui a sauvagement mordu le bras avant que le dompteur n'intervienne. Impossible pour lui d'assurer son numéro volant qui est l'un des clous du spectacle ! Il doit être transporté d'urgence à l'hôpital.

Le directeur a réuni sous le chapiteau plusieurs membres de l'équipe. Tous ceux qui étaient sur place au moment de l'accident du trapéziste sont là. Pourtant, il n'arrive pas à imaginer que le coupable d'un tel méfait se trouve parmi eux. Ils forment une grande famille. Du moins le croyait-il jusqu'à aujourd'hui.

Le dompteur est le premier à parler :
– Je ne comprends pas qui a pu ouvrir la cage aux lions. La clé était bien cachée dans votre bureau, dit-il au directeur.

– J'étais parti au village voisin car j'avais cassé les lacets de ma chaussure, raconte le clown, quand j'ai entendu Linda, la contorsionniste, crier. J'ai aussitôt fait demi-tour.

– Moi, j'étais dans ma loge en train de me maquiller, c'est affreux, annonce Valéria la jongleuse. On doit tous reprendre nos esprits. Le spectacle commence dans une heure.

Arrive alors Linda en boitant.
– Je suis désolée mais je ne pourrai pas non plus faire mon numéro ce soir. Je me suis tordu le genou en courant quand j'ai entendu Siméone hurler.

– Ah là là, catastrophe, je suis maudit ! crie le directeur désespéré de voir ses deux vedettes blessées.

Et toi, penses-tu aussi que le cirque Bullione est maudit ?

CIRQUE
BULLIONE

Glucomaths

Trouve la valeur (de 0 à 9) de chaque bonbon pour que ces opérations soient justes.

Pour t'aider, un des nombres est déjà décodé.

Drôle d'école

Trouve les sept anomalies qui ne devraient pas figurer dans cette cour de récréation

Dans la poche

Cet animal qui vie en Australie est un excellent sauteur. Pour le voir apparaître, suis les indications du dessin codé.

– Sur chaque ligne et chaque colonne, les nombres t'indiquent combien de cases voisines il faut noircir.

– Les groupes de cases noircies doivent être séparés par une ou plusieurs cases blanches. Ainsi, 3-3-3 signifie que tu dois colorier trois groupes de trois cases séparés par des cases blanches.

– Note une croix dans les cases qui doivent rester blanches : cela t'aidera.

	1	2	1 1	8	2 6	3 1	4 1	6 1	8 1	10	10	7	5	8	1
0															
0															
1															
2															
3															
1 1 4															
4 6															
2 8															
11															
11															
10															
1 5 1															
2 3 1															
2 1															
5 2	X	X	X	X	X	X	■	■	■	■	■	X	X	■	■

Fred et ses courses

Fred revient du supermarché. Il a acheté 5 sachets de pommes de terre pesant chacun 500 g, 2 boîtes de haricots verts de 250 g chacune, 2 bottes de poireaux pesant 600 g chacune et 1 petite cagette de 400 g de clémentines.

Quelle masse de légumes Fred a-t-il achetée ?

C'est l'heure de la potion !

Pour faire sa potion, la sorcière Ziloute doit ajouter un nouvel ingrédient régulièrement. Elle a commencé à 10 h 27.
À 10 h 49, elle a ajouté une plume de hibou.
À 11 h 11 exactement, c'est un filet de bave de crocodile qu'elle a versé. Étourdie, elle a oublié sa potion jusqu'à 12 h 17. Mais comme c'est une sorcière, elle peut revenir en arrière dans le temps et ajouter ainsi son poil de puce et sa langue de pissenlit au bon moment.

À quelles heures ces deux ingrédients auraient-ils dû être ajoutés ?

Bio-quiz

Trouve les bonnes réponses aux questions, puis écris les lettres correspondantes dans les cases et tu liras le nom d'un organe.

1. Qu'est-ce que la flore d'un pays ?

P – Ses végétaux.
Q – Ses animaux.
R – Ses rivières.

2. Comment respire le dauphin ?

N – Sous l'eau.
O – À la surface de l'eau.
P – Il peut ne pas respirer pendant plusieurs heures.

3. Quel est l'aliment le plus énergétique ?

S – Des haricots verts.
T – Du jambon.
U – Des pâtes.

4. Que fait ton rythme cardiaque quand tu cours ?

L – Il diminue.
M – Il augmente.
N – Il ne change pas.

5. À quel âge un enfant mesure-t-il la moitié de sa taille adulte ?

O – 2 ans.
P – 5 ans.
Q – 10 ans.

6. Quand tu respires, quel gaz rejettes-tu ?

L – De l'oxygène.
M – De l'hydrogène.
N – Du dioxyde de carbone.

Labycolor

Trouve le chemin pour traverser ce labyrinthe du départ à l'arrivée en respectant la règle suivante :

tu peux passer d'une case à l'autre, même si elles ne sont pas voisines, seulement si elles sont reliées par une ligne droite et si elles contiennent le même dessin ou la même couleur de fond.

ARRIVÉE

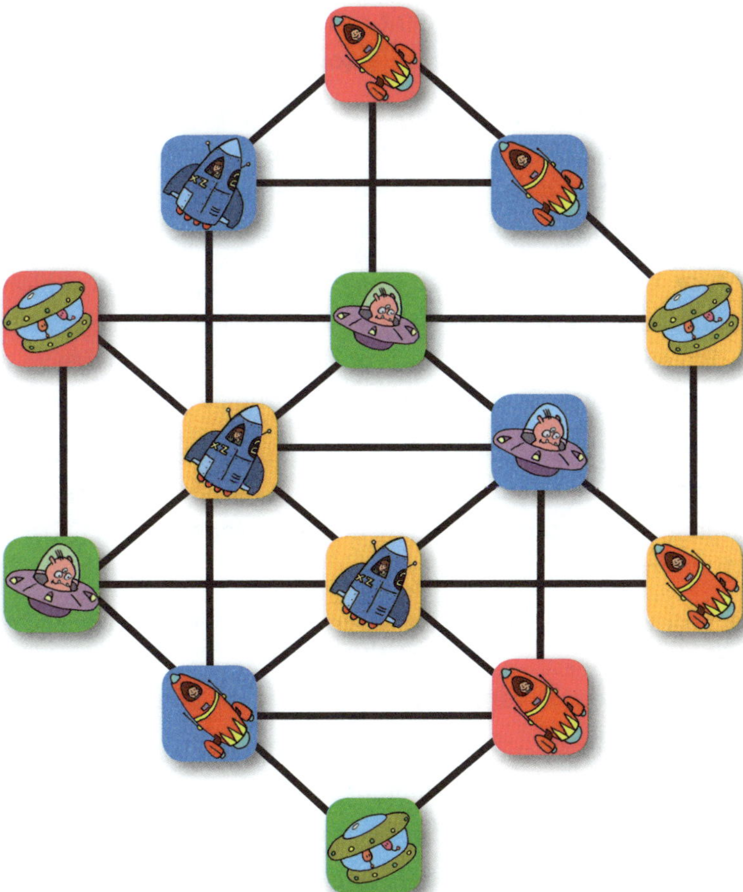

DÉPART

Boisjoli

Au commissariat, le téléphone vient de sonner dans le bureau de l'inspecteur.
– Bonjour Inspecteur, je suis le gardien de la résidence Boisjoli. J'appelle pour vous faire part d'un cambriolage qui a eu lieu dans l'une de nos villas. En faisant mon tour ce matin, j'ai vu de loin que la porte d'une des maisons avait été fracturée et, en regardant par la vitre du salon, j'ai vu que tout était sens dessus dessous.

Arrivé sur place, l'inspecteur constate les dégâts et interroge les voisins. M. Martin est en train de vider le coffre de sa voiture :
– Je viens de rentrer d'une semaine de ski en Italie. Je n'étais donc pas là quand a eu lieu le cambriolage. J'ai eu une neige exceptionnelle.

Mme Muse annonce qu'elle a eu toute sa famille pour le réveillon :
– Mes enfants et ceux de ma sœur sont venus manger hier soir. Je n'ai rien entendu. On a fait une bataille de boules de neige avant de dîner. C'est sûr qu'il y avait beaucoup de bruit...

M. et Mme Smith annoncent qu'ils sont rentrés chez eux dans la nuit.
– Nous avons passé quelques jours dans ma famille à Londres et le train a eu du retard à cause de la neige. Nous sommes arrivés vers 1 h du matin.

L'inspecteur Limier se dit qu'il ne faudra pas oublier de vérifier cette information...
– Et, vous, monsieur le gardien, où étiez-vous ces derniers jours ?

– Je n'ai pas bougé. Et surtout pas cette nuit car je suis un peu enrhumé. Je suis juste sorti tard hier soir pour promener mon chien. Et je n'ai rien entendu.

As-tu des pistes pour aider l'inspecteur à démasquer le coupable ?

Touché ! Coulé !

Cette grille représente un port où six bateaux sont ancrés. Trouve l'emplacement de chaque bateau en t'aidant des chiffres inscrits autour de la grille ; ils indiquent combien de cases sont occupées par une partie de bateau sur la ligne ou la colonne.

Les bateaux ne se touchent jamais, pas même en diagonale.

	4	0	4	2	3	1
2						
3						
1						
4						
1						
3						

Commence par colorier en bleu les cases de la colonne marquée « 0 » et celles qui entourent le canot.
Ensuite, complète la quatrième colonne.

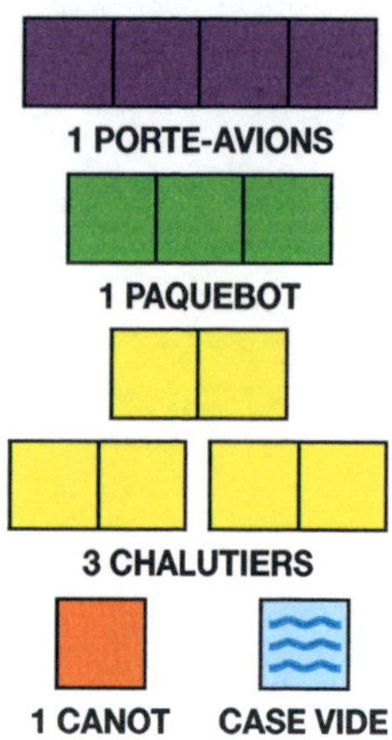

Les balances

Trouve la masse de chacun de ces objets.

 =..................

 =..................

 =..................

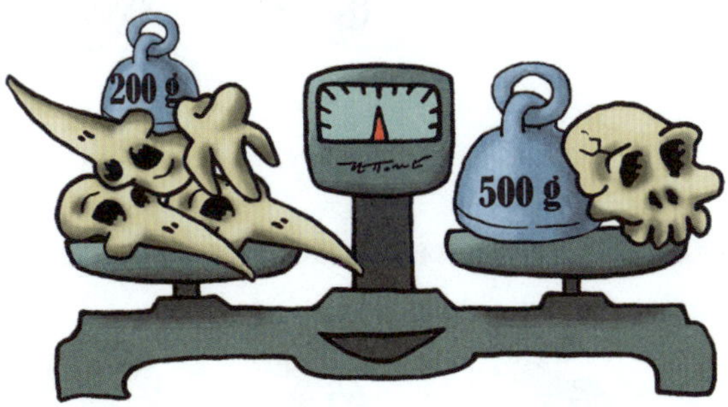

Glucomaths

Trouve la valeur de chaque bonbon pour que cette addition soit juste. Pour t'aider, deux chiffres sont déjà décodés.

Symax

Sauras-tu remplir entièrement cette grille en respectant les règles suivantes ?

Les grosses lignes sont des axes de symétrie entre deux cases voisines qui doivent donc contenir la même couleur.
Les lignes pointillées sont des axes de symétrie entre deux blocs des cases qui doivent donc contenir les mêmes couleurs disposées symétriquement.
Commence par reporter les couleurs déjà placées puis reporte ensuite celles que tu auras coloriées.

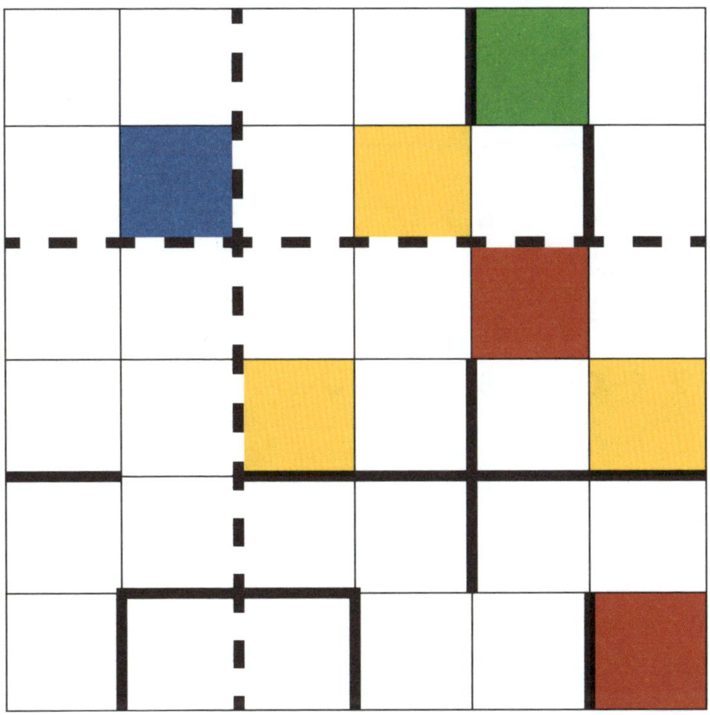

Message codé

Commence par remplir l'échelle de décodage en inscrivant sous chaque lettre celle qui la suit de trois rangs dans l'alphabet. Ensuite, aide-toi de ce code pour déchiffrer le message.

A	B	C	D	E	F	G	H	I	J	K	L	M	N	O	P	Q	R	S	T	U	V	W	X	Y	Z
D	E	F																							C

B K X K D I X F P, M X O I B O P B

A F Q « Q L P M B X H », B Q R K

Y X S X O A Z' B P Q

« X Z E X Q Q B O Y L U ». A L V L R

P M B X H B K D I F P E ?

Babysitting

Julia et Cindy font du babysitting pendant les vacances. Elles ont gagné la même somme et, au total, 420 euros à elles deux. Pourtant, Julie a reçu 6 euros de l'heure alors que Cindy, elle, a reçu 7 euros de l'heure.

Combien d'heures de babysitting les deux cousines ont-elles assurées ?

Le bon prénom

Dans la nombreuse famille de Lucie, les parents ont une façon bien particulière de trouver le prénom de leurs enfants. Il y a d'abord Lucie, l'aînée. Ensuite viennent Édouard, Damien, Nicolas, Sarah et Hugo le petit dernier... pour l'instant ! Car les parents rêvent d'agrandir la famille et d'avoir encore deux autres enfants. Aide-les à choisir logiquement le prénom de leurs deux futurs bébés dans cette liste.

THÉO – OLIVIA – FANNY – ALEXANDRE – BASILE – PAUL

Glucomaths

Trouve la valeur de chaque bonbon pour que cette addition soit juste. Pour t'aider, deux chiffres sont déjà décodés.

Cocorico

Il est le roi de la basse-cour avec ses couleurs éclatantes et son cri triomphant. Pour le voir, suis les indications du dessin codé.

– Sur chaque ligne et chaque colonne, les nombres t'indiquent combien de cases voisines il faut noircir.

– Les groupes de cases noircies doivent être séparées par une ou plusieurs cases blanches. Ainsi, 3-3-3 signifie que tu dois colorier trois groupes de trois cases séparés par des cases blanches.

– Note une croix dans les cases qui doivent rester blanches : cela t'aidera.

	1 5	1 3	1 8	7 1	5	7 3	8	4	5	2 7	2 6 1	10 2	1 6 1	6 2	1
1	X					X									
3	X					X									
3 4	X					X									
1 2 1 2	■					X									
4 3	X					■									
6 4	X					■									
7 5	■					■									
7 6	■					■									
1 2 8	■					■									
1 1 8	■					■									
1 1 7	■					■									
1 4	X					X									
1 2 5	X					■									
1 1 1	X					■									
1	X					■									

page 5

Les balances

– La première balance indique que 2 livres pèsent autant que 1 encrier plus 200 g.
– Sur la deuxième balance, si tu remplaces les deux livres par 1 encrier plus 200 g, tu en déduis que 2 encriers + 1 stylo + 200 g = 1 stylo + 500 g.
Si tu retires les deux stylos, tu vois que 2 encriers + 200 g = 500 g ou 2 encriers = 300 g et 1 encrier = 150 g.
Puisque tu sais que 2 livres = 1 encrier + 200 g, tu sais maintenant que 2 livres = 150 g + 200 g = 350 g.
Donc 1 livre = 175 g.
– Sur la troisième balance, 1 livre + 1 stylo + 1 encrier = 1 encrier + 500 g
ou 1 stylo = 500 g – 175 g = 325 g.

page 6

Un voleur très discret

En comparant les photos prises par Jeannot, le commissaire s'aperçoit que, sur la seconde, on compte une personne de plus que sur la première : un troisième gardien est apparu !
En apercevant sur cette même photo une porte dérobée, mal cachée sous un rideau déplacé, il se dit que ce faux gardien a dû voler la statue, la cacher dans la petite pièce attenante, puis s'y dissimuler en attendant le bon moment pour sortir se mêler au groupe de personnes éffarées.

page 8

Glucomaths

page 9

Les chaussures

Océane (A), la plus grande des filles, porte des chaussures marron, Gabriel (B), le malin, porte des tennis mauves, Chloé (C) porte des bottes vertes, comme son sweatshirt, Luc (D), le plus grand des garçon, porte des tennis bleu clair et Dorian (E) devrait chercher sa seconde chaussure dans la gueule du chien qui est en train de la grignoter.

page 10

Futoshiki

```
3   5 > 1   2   4   6

5   3   6 > 4 > 1   2
                ^   ^
6 > 2 < 3   1 < 5   4
        ^
1   6   4   5 > 2   3

2 < 4   5 > 3   6   1
            ^   v
4   1   2   6   3   5
```

Rébus

Trois fois neuf vingt-sept
(T'roi, F'oie, N'œuf, vin, T'œufs, S'haie, T'œufs)

page 11

Labychoix

page 12

La clé de l'énigme

Le troisième neveu a, dans sa poche, un ticket qui prouve qu'il a fait reproduire une clé il y a peu de temps. La première question que le commissaire va donc poser sera : « quelle clé avez-vous fait reproduire ? » En effet, il soupçonne fort ce suspect d'avoir volé la clé de son oncle afin d'en faire faire un double qu'il a pu utiliser pour refermer la porte quand il s'est enfui avec le tableau volé.

page 14

La tête à Toto

page 15

La Table ronde

page 16

Message codé

Le dimanche, si tu aimes bien manger un œuf à la coque, laisse-le cuire trois minutes dans l'eau bouillante.

page 17

La commande de la fleuriste

Caroline, la fille habillée en jaune, offrira le bouquet jaune.
M. Libou va acheter la rose. Capucine rentre chez elle avec le gros bouquet coloré. Les fleurs pour la mamie de Matthieu coûtent 9 euros.

page 18

Labycolor

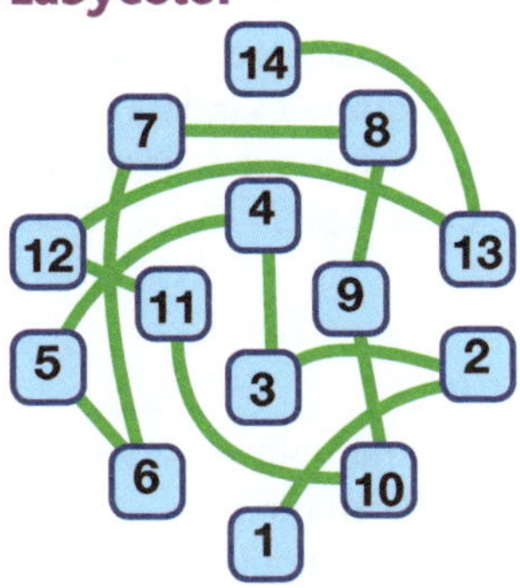

page 19

Labychoix

page 20

Les cousins farceurs

Les indices sont : un clou avec un morceau de ficelle et des morceaux de caoutchouc. Voici comment les cousins ont agi : ils ont rempli un ballon de baudruche avec de l'encre rouge. C'est d'ailleurs à ce moment-là que l'un des chenapans a taché sa chemise ! Avec une ficelle, ils ont ensuite attaché le ballon plein d'encre, très délicatement, sur la pointe d'un clou. Puis ils sont partis rejoindre leur tante dans la bibliothèque en attendant que, sous l'effet de son poids, le ballon s'enfonce assez sur le clou pour éclater provoquant le « bang » que tout le monde a entendu et l'explosion qui a répandu l'encre sur le beau tapis.

page 22

Message codé

Les loupes, c'est vraiment pratique, cela permet de découvrir des indices illisibles à l'œil nu.

page 23

Anniversaires

Elle avait 42 ans. Il faut d'abord trouver l'âge actuel de chacun.
On pose : $x + 4x = 70$, $5x = 70$, $x = 14$. Valentin a 14 ans.
Sa mère a donc 56 ans (70 – 14) ; et 56 – 14 = 42.

Les cartes de vœux

Axel envoie ses cartes de vœux en les classant par ordre alphabétique de la voyelle qui termine le prénom.
Donc il enverra sa 5e carte à son oncle Manu et la 6e à son oncle Rémy.

page 24

Touché ! Coulé !

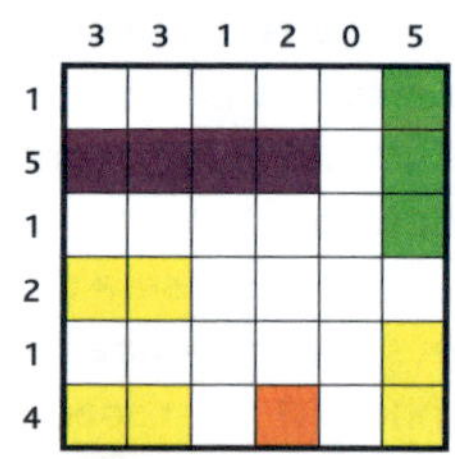

page 25

Le défi

On pose : $x - 10{,}5 + 49 = 79$;
$x = 79 - 49 + 10{,}5$;
$x = 30 + 10{,}5 = 40{,}5$.

Les instruments

Arnaud a remarqué que chaque instrument est présent autant de fois que son nom compte de lettres quand on l'écrit au singulier ; il commande donc 9 trompettes.

page 26

La vantarde

Lucie sait qu'au Brésil « Merci » se dit *Obrigado*, et « Merci mademoiselle », c'est donc *Obrigado senhorita* en portugais. *Gracias señorita* c'est de l'espagnol. De plus, la paëlla, est une spécialité espagnole et, sur la casquette du jardinier, on voit le drapeau espagnol !

page 28

Futoshiki

1	6	2	5	4	3
3	2	4	1	6	5
5	4	1	2	3	6
2	3	6	4	5	1
6	1	5	3	2	4
4	5	3	6	1	2

Rébus

Le diamètre d'un cercle égale deux rayons (L'œufs, 10 A, mètre, daim, cerf, clef, GAL, 2 raies, YON)

page 29

Les copies

Laurie a 5/20 et Lili 19/20, Nico a 14/20 (Lili – Laurie), Jules 12/20 (Nico – 2) et Jérôme a 7/20 (Laurie + Jérôme).

page 30

Glucomaths

page 31

Symax

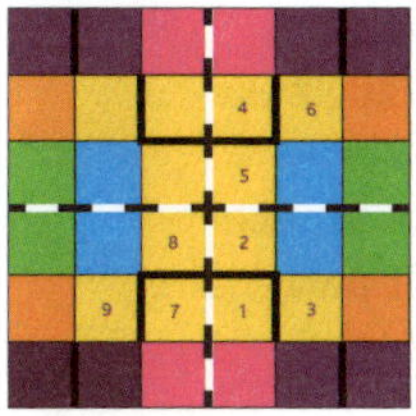

page 32

Charades

Chasse au trésor (chat, seau, treize, or).
Parachute (pas, rat, chut).
Angélique (ange, aile, hic).
Perpendiculaire (père, pan, dit, Q, laid, re).

page 33

Le tableau

Le cadre a quatre côtés identiques ; c'est donc un carré.
Le périmètre de ce carré est de 520 cm ; on peut donc calculer que les côtés du cadre mesurent : 520 : 4 = 130 cm.
L'aire totale du cadre est donc de : 130 x 130 = 16 900 cm^2.
L'aire du tableau est de : 120 x 80 = 9 600 cm^2.
La surface a peindre est la différence entre ces deux aires : 16 900 - 9 600 = 7 300 cm^2.

page 34

Les insectes

Marianne ne sait-elle pas que c'est sa mante religieuse qui a dévoré l'autre ? Les femelles de cette espèce dévorent parfois leur partenaire après l'accouplement.

page 36

Glucomaths

1 134 + 7 313 = 8 447

page 37

Au souk

page 38

Extra-terrestre

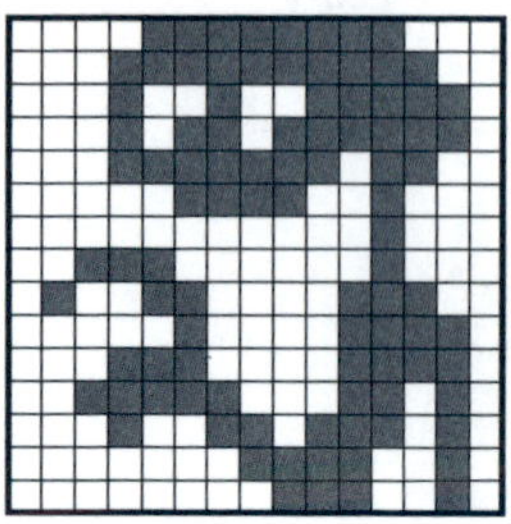

page 39

Les balances

– Sur la première balance, tu vois que : 4 casquettes bleues + 2 casquettes marron + 1 bonnet rose = 2 casquettes marron + 3 bonnets roses, tu en déduis que : 4 casquettes bleues = 2 bonnets roses ou que 2 casquettes bleues = 1 bonnet rose.

– Sur la deuxième balance, tu vois que : 2 casquettes marron + 2 casquettes bleues + 1 bonnet rose = 2 bonnets roses + 300 g.

Comme tu sais que 2 casquettes bleues pèsent autant que 1 bonnet rose, tu peux conclure que : 2 casquettes marron + 2 bonnets roses = 2 bonnets roses + 300 g.

Donc 2 casquettes marron = 300 g et 1 casquette marron = 150 g.

– Sur la troisième balance, tu vois que : 1 casquette bleue + 1 casquette marron + 1 bonnet rose = 600 g.

Sachant que 1 casquette marron = 150 g et que 1 bonnet rose = 2 casquettes bleues, tu en déduis que : 3 casquettes bleues + 150 g = 600 g.

Donc 3 casquettes bleues = 450 g et 1 casquette bleue = 150 g.

Tu sais maintenant que : 1 bonnet rose = 2 casquettes bleues, soit 300 g.

page 40

Les bracelets volés

Pas besoin de fantôme ni de géant, le commissaire Milan pense que c'est la femme de ménage qui a subtilisé les bracelets en les faisant tomber de l'étagère avec son balai. Elle les aura ensuite cachés dans son seau, sous la serpillère.

page 42

Touché ! Coulé !

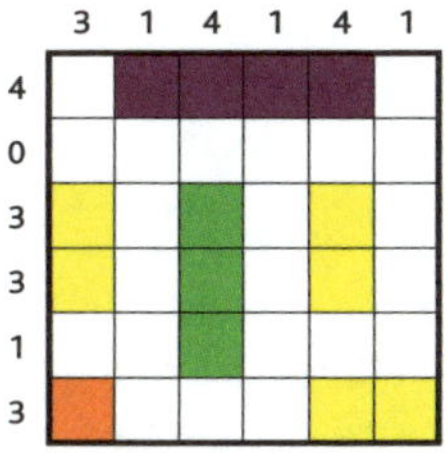

page 43

La fête

Karim : 102 ; Cathy : 24 ; Mona : 408 ; Jérémie : 96 ; Cédric : 527.

page 44

Histo-quiz

VASSAL

page 45

Labycolor

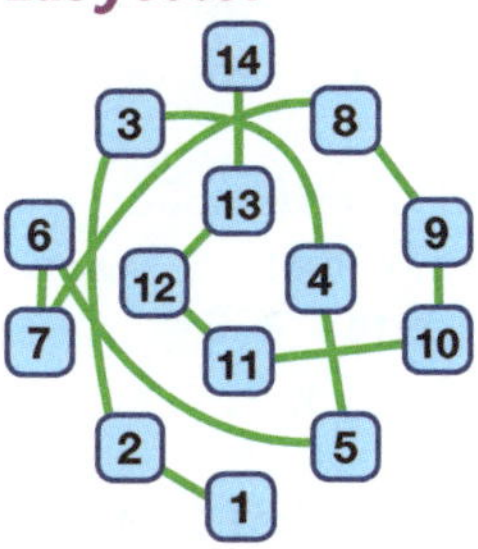

page 46

Glucomaths

6 412 + 4 152 = 10 564

page 47

Symax

page 48

Tel est pris qui croyait prendre

Lerouge et Lejaune ont vite compris que Lefier allait leur jouer un mauvais tour. Ils ont donc décidé de le prendre à son propre piège. N'étant pas pour autant ingrats, ils lui ont gardé sa part du butin et l'attendent tranquillement attablés au café de la gare *Au Paradis*.
Ils ont utilisé le code « avocat », où la lettre K est remplacée par la lettre A et ainsi de suite pour l'alphabet (A = K ; B = L ; C = M ... W = G ; X = H ; Y = I ; Z = J).
Le message dit : TA PART DE BUTIN EST AVEC NOUS AU PARADIS.
Ils ont bien ri en voyant sa tête.

page 50

Touché ! Coulé !

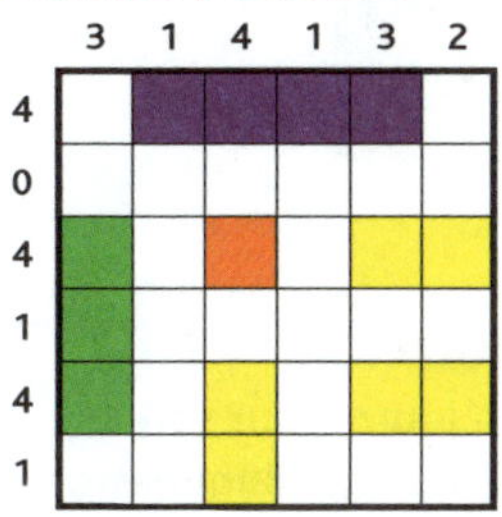

page 51
Les sportifs
Aline joue au tennis, François au badminton, Fabrice au rugby, Dimitri au football et Hélène fait de la natation.

page 52
Futoshiki

4	2	3	6	1	5
1	4	6	2	5	3
6	3	1	5	2	4
5	6	2	3	4	1
2	1	5	4	3	6
3	5	4	1	6	2

Rébus
Le périmètre d'un carré vaut quatre fois le côté
(L'œufs, père, IM'hêtre, daim, car, haie, veau, 4 FOI, L'œufs, K'eau, thé)

page 53
Labychoix

page 54
Ciel, mes bijoux !
En reposant son journal sur son bureau, Limier a eu une illumination. Le restaurant dans lequel le diamantaire affirme avoir fêté l'anniversaire de son frère est fermé le lundi, comme l'inspecteur a pu le vérifier depuis sa fenêtre. Or, le cambriolage s'est passé un lundi soir, puisque le journal du lendemain que lit l'inspecteur est daté du mardi.
L'alibi du diamantaire s'écroule...

page 56
Les balances
– Sur la première balance, tu vois que : 2 bonbons + 1 sucette + 1 gâteau = 1 bonbon + 2 sucettes + 200 g ou que 1 bonbon + 1 gâteau = 1 sucette + 200 g.
– Sur la deuxième balance, tu vois que : 1 bonbon + 3 gâteaux = 1 sucette + 500 g. Mais tu sais déjà que : 1 bonbon + 1 gâteau = 1 sucette + 200 g, donc 1 sucette + 200 g + 2 gâteaux = 1 sucette + 500 g, donc 2 gâteaux = 300 g et 1 gâteau = 150 g.
– Sur la troisième balance, tu vois que : 1 bonbon + 1 sucette + 2 gâteaux = 650 g ou 1 bonbon + 1 sucette + 300 g = 650 g,
donc 1 bonbon + 1 sucette = 350 g.
Mais tu sais que : 1 bonbon + 1 gâteau = 1 sucette + 200 g ou que 1 bonbon + 150 g = 1 sucette + 200 g,
donc 1 bonbon = 1 sucette + 50 g.
Si 1 bonbon + 1 sucette = 350 g et que 1 bonbon = 1 sucette + 50 g, tu peux en déduire que 1 sucette + 50 g + 1 sucette = 350 g, donc

2 sucettes = 300 g et 1 sucette = 150 g.
Tu peux maintenant calculer que :
1 bonbon = 150 g + 50 g = 200 g.

page 57

Au château

page 58

Cache noisettes

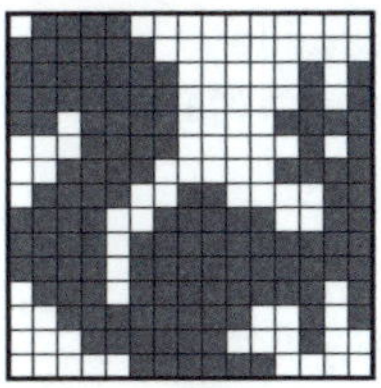

page 59

Au cirque

Avec l'entracte, le spectacle dure 2 h 20, soit 140 min.
140 min – 20 min = 120 min (il y a donc 120 min de spectacle).
120 : 3 = 40 min.
La première partie du spectacle (les 2/3 de la totalité) dure donc 80 min (soit 1 h 20).
Il est donc 15 h 50 quand se termine la première partie. On ajoute les 20 min d'entracte.
Il est donc 16 h 10 quand le spectacle reprend.

Le classement magique !

Étienne classe ses albums de façon à ce que la première lettre du titre forme le nom de la collection : FORMULE CAPE.
Pour avoir les trois dernières lettres qui lui manquent (APE), il classera ses albums ainsi :
Abracadabra, sors-moi de là !
Passe-passe ou ça casse !
Expert en potions

page 60

Au marché

Il n'a pas eu assez d'argent pour acheter 3 kilos de bananes.
Si 2 kg valent 3,50 euros,
1 kg vaut 1,75 euros (3,50 : 2)
et donc 3 kilos valent 5,25 euros.
Il lui manquait 25 centimes.

La reine du jogging

Elsie va marcher pendant 4 minutes et courir 9 minutes.
Deux fois de suite, elle marche le même nombre de minutes, puis elle baisse d'une minute.
Quand elle court, elle augmente de deux minutes à chaque fois.

page 61

Les cartons

Le public voit 9 faces de cubes.
Chacune de ces faces a une aire de $90 \times 90 = 8\ 100\ cm^2$.
Au total, il faudra donc peindre $8\ 100\ cm^2 \times 9 = 72\ 900$.

page 62

Les pirates

Johnny Patte-en-bois a raison, les empreintes sur le sable racontent tout !
On reconnaît les siennes qui arrivent de la droite de l'image, s'approchent du coffre et repartent.
Puis on observe que deux personnes se sont approchées du coffre : celle qui venait de l'auberge et y est retournée et celle qui venait de la mer et y est retournée aussi.
Pour savoir laquelle des deux a volé le contenu de son coffre, Johnny observe que les empreintes qui viennent de la mer recouvrent par endroits celles qui viennent de l'auberge : ceci qui indique dans quel ordre les deux personnes sont arrivées près du coffre.
Et il se dit que si le premier curieux était le voleur, le second aurait donné l'alarme en découvrant le coffre vide et que, s'il ne l'a pas fait, c'est que ce second visiteur est le voleur.

page 64

Glucomaths

page 65

Labycolor

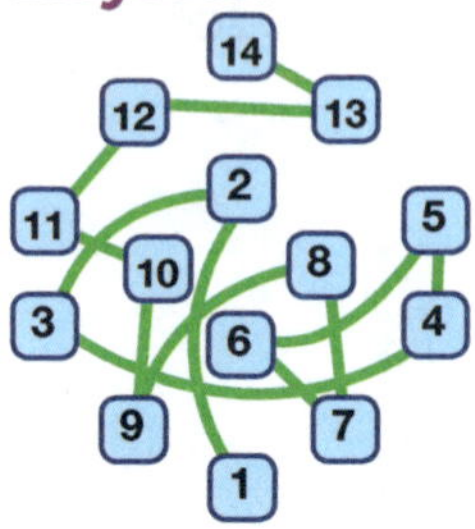

page 66

Géo-quiz

SUISSE

page 67

À la gare

Christian et Julien partent à Perpignan, Élise et Camille à La Baule et Valentine va à Marseille.

page 68

Gare au pique-assiette !

Jérémy, très sûr de lui, a l'air d'accorder beaucoup d'importance à la création d'une décoration à la hauteur de la réputation du restaurant. Or, une des plantes est fanée. Tout simplement, parce que c'est là, dans la terre, qu'il cache régulièrement les vivres qu'il vole en cuisine. Pas question, donc, que les aliments prennent l'eau !

page 70

Message codé

La lévitation, c'est une bonne illusion. Dommage que les magiciens ne dévoilent pas leurs secrets de manipulation !

page 71

Photos du Mexique

Arthur classe ses photos par ordre alphabétique. Après le G de Guadalajara, il devrait mettre sa photo du hamac et puis celle d'Itzé et sa pyramide maya.

Shopping

42 – 15 % × 45
= 42 – (42 × 15/100)
= 42 – 6,30 = 35,70.
85 – 20 % × 85
= 85 – (85 × 20/100)
= 85 – 17 = 68.
Les achats coûtent 103,70 euros (35,70 + 68). Le vendeur doit donc rendre 26,30 euros.

page 72

Futoshiki

5	1	2	6	3	4
2	3	1	5	4	6
3	5	4	2	6	1
4	6	5	1	2	3
1	4	6	3	5	2
6	2	3	4	1	5

Rébus

Un cube a six côtés qu'on appelle des arêtes (1, Q, bas, scie, K'eau, té, KON, A, pelle, dé, Z', arètes.)

page 73

Labychoix

page 74

Dico-quiz

CAPTIF

page 75

Symax

page 76

Un trésor antique

La pièce est bien sûr fausse.
En 52 av. J.-C., les Romains ne pouvaient pas noter les dates à partir d'un événement qui n'était pas encore survenu.

page 78

Ouistiti

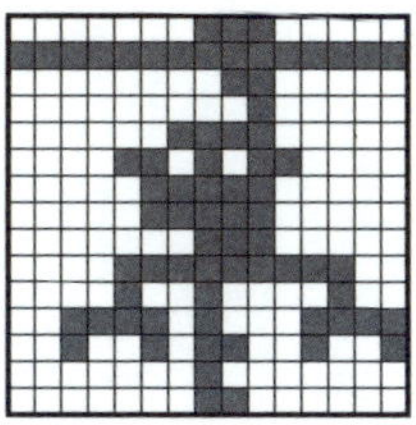

page 79

Les balances

– Sur la première balance, tu vois que :
2 tournevis + 1 pinceau + 1 marteau
= 1 marteau + 1 pinceau + 800 g
ou 2 tournevis = 800 g,

donc 1 tournevis = 400 g.
– Sur la deuxième balance, tu vois que :
4 marteaux + 1 pinceau
= 1 tournevis + 1 pinceau + 100 g
ou 4 marteaux = 1 tournevis + 100 g,
donc 4 marteaux = 400 g + 100 g
= 500 g et 1 marteau = 125 g.
– Sur la troisième balance,
tu vois que : 1 marteau + 1 pinceau
+ 500 g = 2 tournevis + 100 g.
Donc 125 g + 1 pinceau + 500 g
= 800 g + 100 g ou
1 pinceau = 900 g – 625 g = 275 g.

page 80

Glucomaths

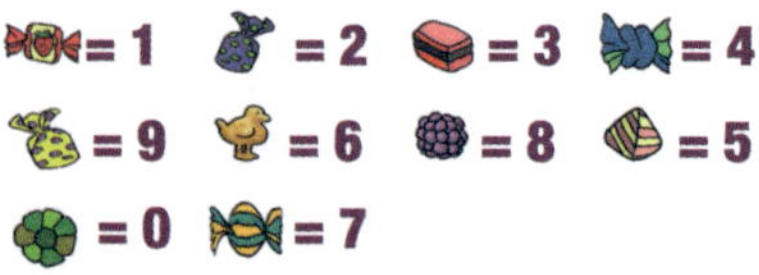

page 81

Le patchwork

page 82

Au bureau

Tu as peut-être repéré le planning des réunions sur le mur. Ana a rendez-vous à 11 h avec M. Firmin : d'ailleurs elle est sur le départ sur le dessin, et non à 8 h 30. Elle a donc menti. Elle devait sûrement être jalouse de la future promotion de Maxime...

page 84

Anglo-quiz

PENCIL (qui signifie « crayon » en anglais).

page 85

Poker

Alexis (A) a un 6 rouge et un roi.
Ana (B) a un 6 rouge et pas de roi.
Philippe (C) a du pique et pas de roi.
Sophie (D) a du pique.
Olivia (E) est la dernière joueuse.

page 86

Touché ! Coulé !

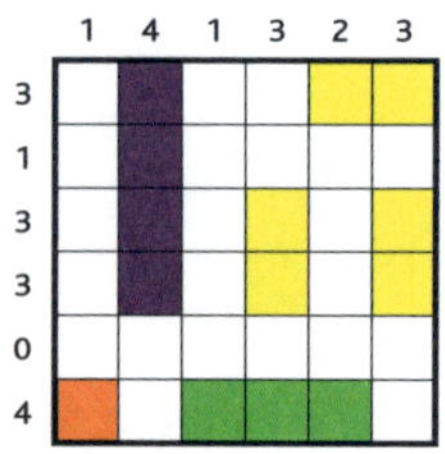

page 87

En mer

page 88

Charades

Proportionnalité
(pro, port, si, haut, na, lit, thé).
Superman (su, pair, man).
Gouvernement (goût, vert, nœud, ment).
Maternelle (maths, air, naît, le).

page 89

Symax

page 90

Les suspects

Titou a vu le voleur quand il entrait dans la maison et, avant d'être drogué, il a réussi à l'attaquer. C'est le pantalon déchiré du deuxième suspect qui prouve que ce brave chien de garde a bien fait son travail.

page 92

Glucomaths

5 151 + 5 994 = 11 145

page 93

Labychoix

page 94

Message codé

Tokyo, New York et Mexico sont les plus grandes villes du monde. En France, c'est à Paris qu'il y a le plus d'habitants.

page 95

Futoshiki

3 < 4 2 5 6 1
4 6 3 1 < 2 5
(2 ∧ 3)
5 1 4 6 > 3 2
1 5 < 6 2 < 4 > 3
6 2 1 3 < 5 4
2 3 < 5 4 1 6

Rébus

Les nombres pairs sont des multiples de deux (laine, ombre, P'herse, ON, dé, mule, TIP, L'œufs, 2, D'œufs).

page 96

Panique au cirque !

Encore une histoire de jalousie. Linda la contorsionniste supportait mal la concurrence du numéro du trapéziste Siméone. Elle a donc ouvert la cage aux lions pendant que le trapéziste répétait. Mais elle a mal maîtrisé son affaire car elle s'est fait attaquer par le lion comme le prouve son bandage qui saigne un peu. Si elle s'était juste tordu le genou, comme elle l'affirme, elle ne saignerait pas.

page 98

Glucomaths

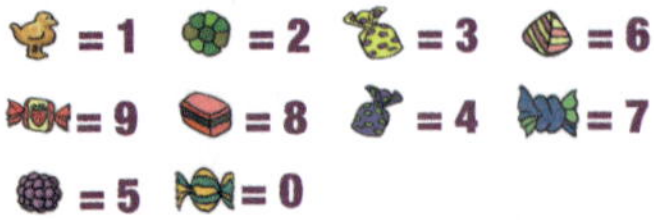

page 99

Drôle d'école

page 100

Dans la poche

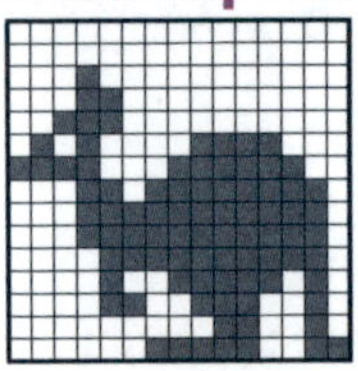

page 101

Fred et ses courses

Fred a acheté 2,5 kg de pommes de terre, 0,5 kg de haricots, 1, 2 kg de poireaux, soit au total : 4,2 kg de légumes.
Bien sûr, les clémentines ne sont pas des légumes !

C'est l'heure de la potion !

Ziloute la sorcière doit ajouter des ingrédients toutes les 22 minutes.
Donc après 11 h 11, c'est à 11 h 33 qu'elle doit mettre son poil de puce et à 11 h 55 sa langue de pissenlit.

page 102

Bio-quiz

POUMON

page 103

Labycolor

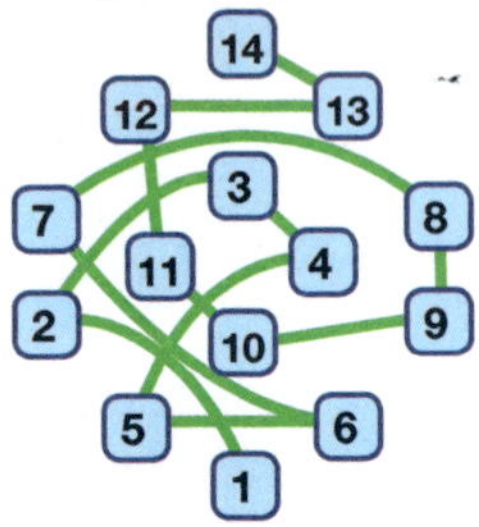

page 104

Boisjoli

Si tu regardes bien la maison cambriolée, tu verras des empreintes de pas devant la fenêtre :
celles d'un homme et d'un chien.
Or le gardien a dit avoir vu seulement de loin que la porte était fracturée.
Mais qui d'autre que lui possède un chien se demande l'inspecteur qui pense que le gardien a menti puisqu'il s'est approché de la maison cambriolée.

page 106

Touché ! Coulé !

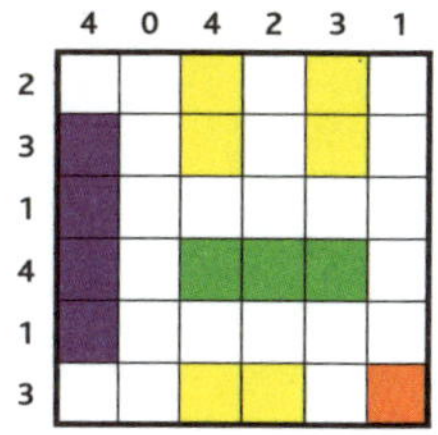

page 107

Les balances

– Sur la première balance, tu vois que : 1 crâne d'oiseau + 1 dent de dinosaure + 200 g = 1 crâne de singe + 200 g, donc 1 crâne d'oiseau + 1 dent de dinosaure = 1 crâne de singe.
– Sur la deuxième balance, tu vois que : 3 crânes d'oiseaux + 1 dent de dinosaure + 200 g = 1 crâne de singe + 500 g. Comme tu sais que 1 crâne d'oiseau + 1 dent de dinosaure = 1 crâne de singe, tu peux en déduire que 1 crâne de singe + 2 crânes d'oiseaux + 200 g = 1 crâne de singe + 500 g. Tu en déduis que 2 crânes d'oiseaux + 200 g = 500 g, donc 2 crânes d'oiseaux = 300 g et 1 crâne d'oiseau = 150 g.
– Sur la troisième balance, tu vois que : 1 crâne d'oiseau + 1 dent de dinosaure + 1 crâne de singe = 800 g. Comme tu sais que 1 crâne d'oiseau + 1 dent de dinosaure = 1 crâne de singe, tu en déduis que 2 crânes de singes = 800 g et que 1 crâne de singe = 400 g.
Puisque 1 crâne d'oiseau + 1 dent de dinosaure = 1 crâne de singe, tu calcules que 150 g + 1 dent de dinosaure = 400 g, donc 1 dent de dinosaure = 250 g.

page 108

Glucomaths

4 620 + 4 244 = 8 864

page 109

Symax

page 110

Message codé

En anglais, parler se dit *to speak*. Et un bavard, c'est *a chatterbox*. *Do you speak English?*

page 111

Babysitting

Chaque cousine a reçu 210 euros. Julie a travaillé 35 heures (210 : 6 = 35). Cindy a travaillé 30 heures (210 : 7 = 30).

Le bon prénom

Le prénom de chaque enfant commence par la dernière lettre du prénom de celui qui le précède dans l'ordre des naissances. Donc après Hugo, dont le prénom se termine par un O, on peut choisir

Olivia si c'est une fille et, après Olivia, pourquoi pas Alexandre si c'est un garçon ?

page 112

Glucomaths

7 412 + 7 322 = 14 734

page 113

Cocorico

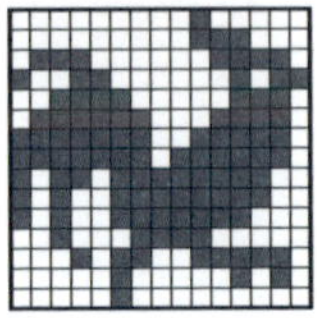